KiWi
PAPERBACK
899

Über das Buch:

Die Gegenwart, das absurde Tempo, der große Wirbel in allem – worum geht es eigentlich? Bei Moritz Rinke steht diese Frage im Mittelpunkt all seiner Geschichten. So fährt er bis nach Geiersnest, um den Mann zu suchen, der den Bundeskanzler ohrfeigte; so geht er auf einer Kreuzfahrt in deutschen Mentalitäten und 22 000 Eiern baden. Er recherchiert in einer Klinik für Arbeitssüchtige, beobachtet hysterische Menschen, die ihre Haustiere durch ICE-Toiletten wegspülen, landet durch ein Navigationshandy von Dolly Buster im deutschen Swingerclub oder mit Madonna im Reformhaus. Moritz Rinke führt uns an den unruhigen Rand, mal spricht er von der Welt da draußen, mal von ganz tief drinnen, wenn er an Heiligabend am verlassenen Bahnhof in Hannover steht. Er beobachtet seine Mitmenschen und unsere Zeit fast peinlich genau, niemals aber überheblich. Und trotz des Chaos der verwahrlosten Welt ist Rinke niemals moralisch-streng, sondern verwundert-komisch und sucht immer wieder im irren Trubel nach den kleinen tieferen Momenten.

Der Autor:

Moritz Rinke, geboren 1967 in Worpswede, Studium »Drama, Theater, Medien« in Gießen, lebt als Schriftsteller in Berlin. Seine Reportagen, Geschichten und Essays wurden mehrfach ausgezeichnet. Sein Stück »Der Mann, der noch keiner Frau Blöße entdeckte« erhielt 1997 den Literaturpreis des PEN-Clubs und wurde für den Mülheimer Dramatikerpreis nominiert, ebenso wie »Republik Vineta«, das zum besten deutschsprachigen Stück 2001 gewählt wurde und 2006 als Kinofilm Premiere hat. Im Sommer 2002 fand in Worms die Uraufführung von »Die Nibelungen« statt. Sein neues Stück »Café Umberto« wird im September 2005 in Hamburg und Düsseldorf uraufgeführt und soll an mehreren Bühnen nachgespielt werden.

[illegible]

Die Gegenwart [illegible] Welt [illegible]
[illegible]
[illegible] Mann [illegible]
[illegible]
[illegible] Erde [illegible]
[illegible]
[illegible]
[illegible]
[illegible]
[illegible]
[illegible]
[illegible]
[illegible] Welt [illegible]
[illegible]
[illegible]

[illegible]

[illegible] Theater,
[illegible] Bedin[illegible]
[illegible]
[illegible]
[illegible]
[illegible]
[illegible]
[illegible]
[illegible]
[illegible]

Moritz Rinke

Das große Stolpern

Erinnerungen an die Gegenwart

Kiepenheuer & Witsch

1. Auflage 2005

Umschlaggestaltung: Barbara Thoben, Köln
Umschlagfoto: © Images.com/CORBIS
Autorenfoto: © Joachim Gern
Gesetzt aus der Sabon und der Meta
Satz: Greiner & Reichel, Köln
Druck und Bindearbeiten: Clausen & Bosse, Leck
ISBN 3-462-03628-9

INHALT

1 Ich und du und ein Schiff dazu

Für Kasimir

1500 Menschen stehen im Hafen von Heraklion und wollen sofort hinauf auf die vor ihnen liegende Aida-Aura. Sie ist eines der vier Kreuzfahrtschiffe, mit denen das Unternehmen »Seetours« in Rostock seit Jahren deutsche Urlauber über die Weltmeere fahren lässt. Die Aida gilt als Traumschiff, gebucht von Deutschen als absolute Traumreise.

Auch ich habe gebucht und bekomme die Kabine 5172 auf Deck 5, steuerbord, also rechts. Die Kabine ist nett. Es gibt ein Bad mit Dusche, gelb-blau und ein bisschen gestylt wie der Parteitag der FDP. Es gibt eine Unterdruck-Toilette, die, wenn man spült, ein Geräusch verursacht wie in einem Horrorfilm, wo ein bisher unbekanntes Tier einen Menschen einsaugt und weggurgelt. Als sensibler Mensch kann man diese Toilette nur benutzen, wenn man nach dem Drücken des Spülknopfes sofort mit einem Hechtsprung aus dem Bad ins Bett unter die Decke springt.

Ansonsten ist alles gut, so eine Toilette kann man verkraften, finde ich. Eine wunderbare Einrichtung ist der Kabinen-Fernseher mit »Aida-TV«, fünf schiffseigenen Clubprogrammen, vielleicht zeigen die ja auch mal die »Meuterei auf der Bounty« mit Marlon Brando.

Um 18 Uhr 30, lese ich in »Aida heute«, der Clubzeitschrift, ist »Kennenlerntreff« in der »Nightfly Bar«, Deck 9, da geh ich hin.

Ich nehme den Fahrstuhl, ja, auf der Aida gibt es gläserne Lifte. Ich steige aus auf Deck 11, herrlich: im Hintergrund die Berge Kretas, und ich 45 Meter hoch auf einem Schiff wie eine moderne Kathedrale mit Body&Soul-Station, FKK-Bereich und 203 Meter Länge.

Ich denke gerade, der grün ausgelegte Weg, auf dem ich gehe, er schwingt ja nach, er federt wie ein Waldweg, gar kein Eisen, plötzlich rennen zehn Männer schweißgebadet vorbei. Ich rufe: »Sinken wir? Wir sind doch noch im Hafen!« Keine Antwort.

Ich laufe zur Infotafel, um zu gucken, ob wir vielleicht schon sinken, aber da steht: »Deck 11: Jogging Parcours«. Das ist interessant. Die rennenden Männer waren nicht in Seenot, die joggten bei 38 Grad im Hafen um den Schornstein der Aida herum.

Beim »Kennenlerntreff« (»Get-Together«) auf Deck 9 sind 21 Menschen, die in einem Halbkreis dastehen und Ninette ansehen. Ninette ist Animateurin und gleichzeitig Clubmanagerin. Sie hat ein sehr freundliches Gesicht, ein weißes Offiziershemd und verteilt Sekt. Die meisten beim Kennenlerntreff sind zwischen 30 und 40 und ein circa 16-Jähriger in der Pubertät. Die Frauen tragen Glitzerpullover wegen der Aircondition, die Männer Shorts, die eine Hand in der Hose, die andere am Sektglas. Ninette sagt: »Und wo kommst du her?«

Jemand sagt: »Aus Osnabrück.« Ninette sagt: »Und wie heißt du?«

»Olaf.«

Dann entsteht zwischen Ninette und Olaf ein kurzes Schweigen, das man nutzen könnte, um wieder zum Fahrstuhl zu laufen, es gibt ja viel zu sehen.

In der Hemingway-Lounge auf Deck 10 ist die Bibliothek, es gibt ungefähr 20 Bücher, ungewöhnliche Titel wie »Ein Ort namens Chicken« oder »Pilot am Scheideweg«. Von hinten greift ein Arm und entleiht das Buch »Das Messer im Sumpf«, das ist bestimmt gut.

Ich gehe weiter auf Deck 10, ein Kind läuft mit dieser orange leuchtenden Schwimmweste vorbei, die es für jeden auf der Kabine für den Ernstfall gibt. Sieben kurze Töne, ein langer: Das bedeutet Alarm und Sammeln an den Rettungsboten auf Deck 6.

»Get-Together« ist wohl schon zu Ende, denn Ninette steht bereits wieder am Pool auf Deck 10 zum »Welcome-Drink« und stimmt etwa 1500 Gäste auf die »Sail-Away-Poolparty« ein, wir sind ja immer noch keine einzige Seemeile gefahren.

Ninette mag ich. Sie ist zu 1500 Menschen gleichzeitig nett und sagt zu jedem »du« und ist eine Meisterin darin, allen das Gefühl zu geben, an einem Strang zu ziehen und ab jetzt ein Team zu bilden mit einem gemeinsamen Spirit, mit »one vision«, wie es auch »The Aida-Clubsong« musikalisch untermauert. (Im Fahrstuhl sagen auch schon alle »Hallo« und »Morgen ist gutes Wetter«, ich hab' auch schon mindestens achtmal »Hallo, morgen ist gutes Wetter« gesagt.)

Der Kapitän tritt auf. Kapitän Randolph A.E. Hess, er heißt wirklich so. Lockiges Haar, federnder Gang, im Alter von Sascha Hehn in der Serie »Das Traumschiff« vom ZDF, großartig. Er sagt, dass wir bald zum Aussegeln bereit wären, und dann bietet Ninette auf dem Pooldeck noch eine öffentliche Probemassage an bei Nicole von Body&Soul mit dem Bräunungsöl von Roucou.

Ich gehe zum »Welcome Dinner« ins Calypso-Restaurant. Man muss es sagen, das Essen auf der Aida ist das Paradies. Angeblich werden für eine einwöchige Kreuzfahrt 8,5 Tonnen Fisch und zehn Tonnen Fleisch geladen, das wurde bei der Aida-Infostunde »Die Fettverbrennung« auf Deck 9 verkündet. Zwölf Tonnen Kartoffeln und Käse und 22 000 Eier! 22 000, das ist ungefähr die Zuschauerzahl von Bayer Leverkusen oder Mainz 05 in der Bundesliga, jetzt aber alles in Eiern! Ich finde, das ist eine wahnsinnige Vorstellung, und wo im Schiff liegen die denn alle? Dazu acht Tonnen Kiwis! Es gibt täglich mindestens 50 verschiedene Torten, überhaupt kann man hier durchessen, wobei man sich immer fragen müsste, wer bitte kocht das alles?

Angeblich arbeiten 430 Menschen an Bord, ich schätze, etwa zehn Prozent sind deutsche Offiziere und Animation, der Rest Filipinos, die unten im Rumpf irgendwie durchkochen und durchputzen und oben in den Restaurants mit einer selten gesehenen Umsicht, Würde und Freundlichkeit die Tische abräumen und Wein nachschenken.

Ich geselle mich zu einem Herrn. Er sitzt ganz allein an einem dieser runden Tische, an denen man mindestens zu acht essen und sich kennen lernen soll, es sind eigentlich Kennenlerntische.

Herr Käfer kommt aus Gelsenkirchen. Er war schon einmal auf der Aida, als seine Frau noch lebte, da ging es nach Ägypten zu den Pyramiden. Käfer ist Betriebsrat bei Seppelfricke, Küchengeräte. Als ihm ein Filipino lächelnd Wein nachschenkt, berichte ich von den 22 000 Eiern in der Küche, und wir malen uns gemeinsam die Zustände da unten aus.

»Wann, frage ich Sie«, sagt Käfer, im Mund ein Stück Stachelbeertorte und mit der flachen Hand auf den Kennenlerntisch hauend, »wann schlafen die Filipinos denn?! Gibt es die tarifliche Teepause?!« Dann läuft schon wieder das Kind mit der Schwimmweste durch das Calypso-Restaurant, und Käfer verspricht, in seiner Funktion als Betriebsrat bei Seppelfricke einfach mal beim Kapitän Randolph A. E. Hess vorzusprechen.

Zum »Honeymoontreff« gehe ich nicht, ich bin noch nicht locker genug, das habe ich beim »Cocktail-Workshop« in der Nightfly Bar gemerkt, ich konnte nicht so gut wie die anderen zum »The Aida-Clubsong« schütteln.

Das Schiff ist mittlerweile mit drei gewaltigen Hornsignalen und musikalischer Untermalung romantisch ausgelaufen und nimmt Kurs Richtung Dubrovnik.

Ich sehe mir noch die ebenfalls total romantische »Sail-Away-Lasershow« auf Deck 10 an, mich lässt aber der Gedanke nicht los: Wenn 80 Tonnen Fleisch, Fisch, Kartoffeln, Gemüse etc. geladen werden, dann wird das ja wohl auch alles verzehrt! Ich meine, die haben ja Erfahrungswerte und demnach müssten sich ja die 80 Tonnen am Ende irgendwie auf die 1500 Aida-Gäste verteilen? Man weiß ja, dass die Deutschen essen, aber selbst wenn die Hälfte dank der Unterdrucktoilette an einen geheimen Platz des Schiffes weiß Gott wohin abgesaugt und katapultiert wird, also nicht die Deutschen, sondern die Tonnen, obwohl ich das diesen Horrortoiletten auch zutrauen würde – dann bleibt ja immer noch laut Kopfrechnung das bizarre Verhältnis von 40 Tonnen in 1500 Deutschen.

Ich schaue in der Kabine Aida-TV. Auf Channel 13 sieht man das Heck, das Schiffsende und das weiß schäumende Wasser, das durch die Schiffsschrauben, die beiden fünf Meter großen Propeller, mit 25 000 PS aufgewirbelt wird. 25 000 PS! Im Prinzip für jedes Ei an Bord eigentlich mehr als ein PS, beachtlich.

Auf Channel 12 sieht man die Vorwärtsbewegung, den Bug, mit romantischer Musik, die Kamera ist ungefähr auf die Stelle gerichtet, wo Leonardo Di Caprio mit Kate Winslet in »Titanic« die Arme ausbreitet wie das fliegende Glück. Channel 11 überträgt die Sail-Away-Party live, ich schalte auf Channel 1, da läuft eine Zusammenfassung vom »Kennenlerntreff« mit Ninette und Olaf.

Man schläft eigentlich ganz gut. Nur wenn zum Beispiel die Toilette von Kabine 5171 ausgerechnet genau am Kopfende des Bettes in 5172 liegt, dann träumt man von schrecklichen Saugmonstern, die einen durch die Aidatoilette für immer wegsaugen.

Am nächsten Tag ist gutes Wetter. Seetag. Ich laufe sofort in die Hemingway-Bibliothek und denke, ich guck nicht richtig. Im Bücherschrank steht plötzlich das Buch »Der Text ist der Coyote« – Heiner Müller. Also, wer hat das denn gelesen? Gestern gab's hier »Der Text ist der Coyote« definitiv noch nicht!

Auf Deck 9 in der Anytime Bar ist gerade Bingo, aber Bingo verstehe ich nicht, Bingo habe ich gestern schon nicht verstanden, ich geh' Sonnenbaden.

Dafür stehen auf Deck 10, 11 und 12 Liegen bereit. Allerdings gibt es ein kleines Problem. Es gibt zwar acht Tonnen Kiwis oder täglich 500 Torten, aber eindeutig zu wenig Liegen. Meinen Überlegungen zufolge hat dies mit sicherheitstechnischen Auflagen zu tun, mit Fluchtwegen zu den Schwimmwesten und den Rettungsbooten. Deshalb müssen 1000 Liegen reichen. Wie das aussieht, pünktlich nach dem Frühstück um neun Uhr, wenn sich 1500 Deutsche auf nur 1000 Liegen in einer Mischung aus Euphorie und Aggressivität zubewegen, kann man vielleicht am besten mit einem Heuschreckenangriff vergleichen.

Gut zu beobachten am Thema Liegen ist auch die Neigung der Deutschen, Besitztum anzumelden. Ich laufe immer den Jogging Parcours entlang und beobachte das Liegen-Reservieren durch das Aida-Clubhandtuch. Jede Liege ist durch ein Aida-Clubhandtuch reserviert, am liebsten wird tagelang an derselben Stelle reserviert und gelegen, und, wenn möglich, das Clubhandtuch gleich an die Liege rangetackert!

Einmal frage ich: »Entschuldigen Sie, wir kennen uns doch vom Kennenlerntisch, hallo, ist die Liege vielleicht vakant?«

»Nee, das ist Ilses Handtuch. Wer zuerst kommt, mahlt zuerst!«

Also, ich glaube, ein Reformland werden wir wohl nie wirklich werden. Wir Deutschen setzen uns immer gleich auf alles drauf. Wenn wir etwas haben, wo wir gut sitzen oder liegen, dann wollen wir uns da rantackern. Und wenn wir da auch noch zuerst waren, dann wollen wir da auch bis in alle Ewigkeit mahlen.

Die Italiener würden sich bestimmt zusammen auf die Liege legen. Auch die Engländer würden sich einigen, dass der eine Bier holt, der andere die Liege zum Trinken freihält. Sogar die Finnen würden aus ein paar Liegen eine Trinkhütte für alle bauen, nur wir Deutschen nehmen die Liege zum Bierholen quasi mit.

Ich warte eigentlich immer noch auf die Durchsage, dass jemand zuletzt beim Gang auf eine Aidatoilette gesehen wurde.

In der Hemingway-Lounge läuft der Song »Ich und du und ein Schiff dazu«, ich kaufe mir eine Dunhill-Zigarre Marke »Robusto« mit meiner Clubschiffkarte mit Magnetstreifen, mehr als diese Karte braucht man eigentlich nicht, und rauche am künstlichen Hemingway-Kamin.

Am Nachmittag sind die meisten Deutschen schon schön rotbraun, vermutlich durch das Bräunungsöl von Roucou. Im FKK-Bereich, Deck 12, prüfe ich, ob sich die Art der Urlaubslektüre bei den Nacktbadern unterscheidet von »Das Messer im Sumpf« oder »Der Pilot am Scheideweg« auf Deck 10 und 11.

Völlig fassungslos fällt mein Blick auf Peter Scholl-Latour, »Der Islam«, aber ich kann kaum darüber nachdenken, weil über dem Hardcover seltsame Brüste hervorragen, die mich irgendwie an Jules Verne und die Ballonfahrt erinnern. Solche Silikonbrüste in der prallen Sonne habe ich noch nie in echt gesehen, wenn das Scholl-Latour wüsste.

Ich überlege, ob ich frage: »Entschuldigen Sie, kennen Sie auch das Buch *Der Text ist der Coyote*?«

Ich entscheide mich aber dagegen und versuche es auch nicht mit dem Islam, sondern über die 22 000 Eier. Ja, ich versuche jetzt immer, über die Eier ins Gespräch zu kommen, aber dann läuft plötzlich dieses Kind mit der Schwimmweste – das viel dicker geworden zu sein scheint – zur Silikonfrau und weint.

Auf Deck 9, »Aidafit«, sehe ich den Kapitän auf einem Laufband. Er joggt seit 17 Minuten bei 15 Prozent Steigung. Ich denke gerade, also, muss der nicht irgendwie auf der Brücke stehen und das Schiff steuern?, da animiert mich Lutz von »Aidafit« zum Golfen. Ich kann zwar gar nicht golfen, aber auf Deck 10 steht ein Golfanimator oder -simulator, ich will mich nun zum Golfen mit einem Golfanimator von Lutz animieren lassen.

Man steht auf Kunstrasen vor einer riesigen Projektionswand mit grünen Flächen, und hinter der Projektion ist das Meer. Ich hab das Meer noch gar nicht gesehen. Ich stelle auf Long Drive, schlage ab, eine Swing-Analyse erscheint, aber der Scheißball fliegt gerade sechs Meter in der Simulation, ich sehne mich so nach einem Nautikkurs, nach Fischkunde!

Später, in Venedig, als ich wie der Kapitän auch mit 15 Prozent Steigung auf dem Laufband laufe und dabei auf den Markusplatz gucke und in der Ferne meinen Seppelfricke sehe – da geht mir ganz kurz durch den Kopf, ob ich das nächste Mal vielleicht mit einem Kutter in Richtung Spiekeroog fahre und immer nur Fischfutter ohne Swing-Analyse in die Nordsee werfe, mehr nicht.

Ich meine, die Aidawelt, mit all ihren wunderbaren Angeboten, saugt sie nicht die Umwelt ab wie diese Unterdrucktoiletten?

Man steigt ein in das Traumschiff und schwupp ist das Meer weg, die Fische, der Wind, eigentlich auch Venedig, die total tolle Romantik, obwohl tausendmal von der ewig lächelnden Ninette mit ihrem dicken Clubhintern versprochen, und sogar der Kapitän ist weg.

Kapitäne stehen in meiner kindlichen Erinnerung schweigend mit einem Fernglas auf der Brücke, aber nicht auf der Fullmoonparty.

Ein Chinese, gebürtig aus Mülheim an der Ruhr, meinte sogar beim Essen, der Kapitän sei eine Attrappe, da hat der Chinese irgendwie Recht, ich glaube, der ist von »Seetours« gecastet, das Schiff fährt automatisch, aus Rostock gesteuert.

◆

Was ist bloß aus unseren Abenteuern geworden?

◆

Im Ruheraum des Saunabereichs auf Deck 11 setze ich mich auf ein kleines Felsgestein unter einer Palme, breche aber mit dem Hintern durch, das war Pappe, das werde ich dem Chinesen aus Mülheim sagen.

In der Sauna kann ich sowieso nicht lange bleiben, jemand hat aufgrund des leichten Seegangs mitten ins Dampfbad gekotzt. Aber das stört mich gar nicht so, ich freu mich so über den Seegang!

Ich gehe noch kurz in die Trockensauna und beobachte Männer beim Saunieren, darüber wollte ich immer schon mal schreiben: dieses Abreiben der Bäuche vor allen Leuten, Abreiben mit Wegspritzen des Schweißes bei gleichzeitigem Ausstöhnen aus Mund und Nase, meistens mit so einem grunzenden und redlichen Unterton von »Ich leiste gerade was!« oder »So, wie ich schwitze, schwitzt man!«, diesen Unterton bekommt man gerade in deutschen Saunen.

Heute Morgen hat mir jemand auf einer Liege ebenfalls in einem Ton voller Redlichkeit erklärt: »Wer zu spät kommt, den bestraft das Leben!«, ohne Augenzwinkern, einfach so, das ist der Typ, der gestern schon am Kennenlerntisch zwischen den abräumenden Filipinos völlig ungebrochen den Satz sagte: »Das Preis-Leistungs-Verhältnis stimmt!«, am liebsten würd' ich dem mein Clubhandtuch um die Ohren hauen. (Morgen bring' ich mir aus der Kabine den kleinen eckigen kennenlernfeindlichen Tisch mit zum Essen!)

Bei der Fullmoonparty ist mir noch etwas aufgefallen: Ein Mann klatscht zum Clubsong etwas unrhythmisch in die Hände, presst dabei seine Lippen auf die leicht vorgestreckte Zunge und guckt immer nach rechts und links, so als überwache er, ob die anderen genauso ausgelassen sind wie er.

Dieser Mann ist eigentlich für mich zum Symbol der Aida geworden; nicht der Kussmund, der riesengroß vorne aufs Schiff gemalt wurde, sondern diese demonstrativ gut gepresste Laune des Mannes auf der Fullmoonparty bei gleichzeitiger Überwachung der anderen. Wie ein Scherge von Ninette, wie ein Bodyguard der Heiterkeit steht er da und klatscht.

Seppelfricke ist bei der Fullmoonparty gut in Form. Wir unterhalten uns mit einem Hamburger, der beruflich Küstenmotorboote verkauft, »Kümo« heißt es, er sei dick im »Kümo-Geschäft«, und dann sagt er uns, wie viel PS die Aida hat. Ich sage, ich weiß, wie viel PS die Aida hat, aber er sagt es immer wieder, Seppelfricke ist auch schon ganz genervt, wir wenden uns einfach ab, und der Kümo-Typ quatscht gleich irgendeine Frau an und sagt ihr ungefragt, wie viel PS die Aida hat, Armleuchter.

Seppelfricke hält dem Barkeeper seine Clubschiffkarte hin, wir trinken jetzt zusammen in der Chill-Out-Lounge einen Caipi, und Seppelfricke erzählt mir von seiner Gondelfahrt auf dem Canal Grande.

Die Einfahrt der Aida in Venedig kam mir übrigens vor wie eine Vergewaltigung, dieses riesige Schiff durch die schmale Kanaleinfahrt, dieses ohrenbetäubende Horn, da fallen ja gleich alle Tauben tot auf den Markusplatz, kann man denn nicht nur mit dem Clubsong einfahren?

Zurück zu meinem Freund: Wie er so erzählt, stelle ich mir vor, wie Seppelfricke eine Rede unten im Schiffsrumpf bei den Filipinos hält und kurze Zeit später so eine Art »Meuterei auf der Bounty« stattfindet. Seppelfricke in der Rolle von Marlon Brando als Offizier Fletcher weist Kapitän Randolph A. E. Hess, die Attrappe, von Bord und setzt ihn und die Kollegen von der Animation in einer Barkasse mit ein paar Clubhandtüchern auf hoher See aus. Dann fährt Seppelfricke die Aida aus Versehen gegen einen Eisberg.

Ich seh' uns noch im Aida-TV auf Channel 12 durch die Bugkamera genau auf den Eisberg zufahren, rufe aber nicht mehr auf der Brücke bei Seppelfricke an. Ich will sehen, wie gläserne Fahrstühle allmählich volllaufen, wie eine Trockensauna mit sich abreibenden Männern untergeht; wie der Golfsimulator in die Tiefe fällt.

Mit romantischer Musik versinken die Body&Soul-Station und das Calypso-Restaurant, einige joggen immer noch bis zuletzt auf dem Jogging Parcour um den blubbernden Schornstein herum oder wollen ihre reservierten Liegen nicht freigeben wie unser ganzes unreformierbares Land kurz vor dem Untergang. Playstations treiben umher in Roucouöl neben Stachelbeertorten und Silikonbrüsten, am Ende schwimmen nur noch die Clubschiffkarten mit Magnetstreifen oben auf der Meeresoberfläche.

Der Mensch hat eine geheime Lust an dem Aufeinandertreffen der Gegensätze, wenn die Welt des Hightech und der kalkulierten Freuden plötzlich auf die Urgewalt des alles herunterziehenden Wassers trifft; plötzlich hätte sich die geleugnete See zurückgemeldet, wäre die Natur wieder da, vielleicht sogar das Leben oder Gott.

Hinten am Heck lehne ich an der Reling, zwei Meter über den 25 000-PS-Propellern, ich bin ein bisschen skeptisch und klopfe vorsichtig die Reling ab, nachher ist das wie mit dem Saunafelsen und dem Kapitän.

Vom vorderen Teil des Schiffes dröhnt die Musik von der Fullmoonparty herüber, ein Filipino der Frühschicht arbeitet abseits mit dem Turbostaubsauger, in der Ferne flimmern vereinzelt die Leuchttürme der Küste.

Etwas weiter weg steht eine Frau. Sie schaut bewegungslos in das aufschäumende Meer über den Propellern. Sie stand gestern auch schon hier, wie jetzt in einem Jeansanzug, an der Jacke ist ein kleiner Teddy befestigt, der im Wind hin und her schlägt.

Hier würde es eigentlich keiner merken. Manchmal, wenn man sich einbildet, was in einem Menschen vorgehen könnte, traut man sich keinen Schritt mehr weg.

Ein Filipino erzählte mir am letzten Abend, dass auf der MS Europa, auf der er eine Zeit lang arbeitete, am Ende jemand fehlte. Wie man das rausbekomme bei so vielen Menschen, fragte ich. Erst einmal gar nicht, sagte er. Später, beim

Check-out und der Abrechnung der Extras mit der Clubkarte, würde man es merken, wenn nämlich eine Karte nicht durch den Computer gezogen wird, fehlt auch Geld.

Meinen Recherchen zufolge ist die Frau mit dem Teddy auf Kreta wieder angekommen. Alle Extras wurden bezahlt. Die Reise mit der Aida haben alle überlebt.

2 Drei Tage in Geiersnest

Die Vorgeschichte: Am 18. Mai 2004 fand im Mannheimer Rosengarten ein Fest der Südwest-SPD statt, zu dem 200 Neumitglieder geladen wurden. Sie alle trugen ein rotes Pappschild am Ärmel, unter anderem auch Jens Ammoser, arbeitsloser Philologe aus Geiersnest, zudem Kandidat für den Kreistag des Landkreises Ehrenkirchen/Hochschwarzwald. Absoluter Höhepunkt für die neuen Genossen war der Auftritt des Bundeskanzlers um 18 Uhr 30 mit geplanter Signierstunde und der für 19 Uhr angesetzten Rede zur EU-Osterweiterung. Um 18 Uhr 40 allerdings lief Jens Ammoser aus Geiersnest mit rotem Pappschild auf den Kanzler zu, der sich gerade mit dem Oberbürgermeister Mannheims hatte abbilden lassen, nahm laut Polizeiangaben die flache rechte Hand und »scheuerte dem Kanzler volle Kanne eine«, wie ein Neumitglied aus Bad Säckingen später berichtete. Ammoser wurde abgeführt, der Kanzler hielt seine Rede zur EU und stellte noch am Abend einen Strafantrag beim Amtsgericht Mannheim. Ammoser, der sich ab 18 Uhr 40 in Schweigen hüllte, wurde ebenfalls noch am Abend aus dem SPD-Ortsverein Ehrenkirchen ausgeschlossen. Während der Kanzler am nächsten Tag zu Premierminister Tony Blair nach London reiste, kehrte Ammoser angeblich nach Geiersnest zurück.

Wenn man nach Geiersnest reist, braucht man ein Auto und eine gute Landkarte, bei Navigationssystemen blinkt schon beim Abbiegen, wo es geradeaus nach Bollschweil geht und links nach St. Ulrich, »off road«. Nach Bad Krozingen zu fahren ist auf jeden Fall falsch, da irren die Nachrichtenagenturen, »Geiersnest bei Bad Krozingen« ist nicht richtig. Man muss auch weder nach Bollschweil noch nach Ehrenkirchen fahren, wie geschrieben wurde, sondern erst mal Richtung Aubach.

Der Gasthof zum Rössle in St. Ulrich liegt gleich rechts hinter der Telefonzelle, und man bremst automatisch an diesem Gasthof, weil man denkt, die Straße endet. In der Wirtsstube hängen ausgestopfte Tiere an den Wänden, ein alter Mann sitzt am Fenster und schaut auf den gegenüberliegenden Berg und reibt dabei mit seinen gefurchten Händen über die Tischdecke.

Eine Frau mit weißer Bluse steht hinter einem Zapfhahn, betrachtet den Fremden und zapft einen Krug für den Mann, der immer noch den Berg anstarrt.

Ich setze mich an den Nebentisch und bestelle Brot mit Speck und lese die Broschüre des Ortsvereins der SPD Ehrenkirchen, in der Jens Ammoser vorgestellt wird. Man schreibt, Ammoser habe neue Ideen in der Sozialpolitik, Deutsch und Mathematik auf Lehramt studiert sowie später, während seiner Arbeitslosigkeit, Vorträge in St. Peter-Ording über Ebbe und Flut gehalten.

Gegenüber an der Wand hängt ein Schild, »St. Ulrich liegt 550 Meter über dem Meeresspiegel«, an der Tür klebt ein Zettel mit der Ankündigung der Katholischen Landvolkshochschule zum Seminar »Die Abgründe der Spaßgesellschaft«. Ich denke gerade noch, na, solche Seminare hätte ich hier ja nicht erwartet, vielleicht ist das auch Ammoser?, da kracht das Brett mit der Bestellung auf den Tisch mit senkrecht in den Speck gerammtem Messer.

»Guten Appetit!«

»Danke«, sage ich.

»Hören Sie mal, ich bin ja nun in St. Ulrich, aber wo geht's eigentlich nach Geiersnest?«

»Geradeaus!«, sagt sie, drückt mir die Gabel in die Hand und geht in die »Privatstube«.

»Guten Tag, der Herr. Wissen Sie zufällig, wo der Mann wohnt, der dem Bundeskanzler die Ohrfeige erteilte?«

Keine Reaktion.

Ich rufe lauter: »Ja, das ist ja auch ein Ding, was?«, dann dreht sich der Mann um, lächelt und sagt: »Ja, der Birchiberg, der Birchiberg«, und schaut wieder aus dem Fenster.

Die Straße geht tatsächlich geradeaus, macht aber eine so scharfe Linkskurve, dass man denkt, der Weg nach Geiersnest würde einfach enden.

Ich schalte in den ersten Gang und steige die Serpentinen hoch auf schätzungsweise 800 Meter über dem Meeresspiegel. Überall Nebel, mittlerweile regnet es in Strömen.

Geiersnest, das erweist sich auf jetzt circa 1100 Meter über dem Meeresspiegel, ist gar kein Dorf, sondern eine Anzahl über den Birchiberg verteilter Gutshöfe. Ich fahre den Geschwendlehof an, parke vor einem Hühnerstall, laufe zu einer Tür des Hofes und klopfe. Während ich warte, überlege ich, wie ich fragen soll.

»Wissen Sie, wo der Mann wohnt, der dem Bundeskanzler eine scheuerte?« klingt so nach Sensationsreporter und mit dem Hintern ins Gesicht. Ich werde einfach sagen:

»Kennen Sie den Philologen, Mathematiker und Kreistagskandidaten Jens Ammoser?«, doch nichts passiert.

Ich laufe einmal um den Geschwendlehof herum und sehe vorsichtig durch ein Fenster. Vielleicht wohnt Ammoser sogar hier? Ich hatte schon beim Kollenhof hundert Meter unter dem Geschwendlehof durchs Fenster geschaut und nach Hinweisen gesucht wie SPD-Material zur Sozialpolitik oder Regale mit Lehramtsbüchern, vielleicht über Vektorrechnung oder Ebbe und Flut.

Mittlerweile stehen mindestens zwanzig Hühner an meinem Auto und picken auf die Reifen ein. Ich kriege Panik und renne auf die Hühner los, mit einem Platten komme ich ja hier nie wieder weg vom Geschwendlehof. Ich springe ins Auto, hupe und folge dem Schild »Grasshübelhof«.

Wichtig ist, dass ich auch meine Augen aufhalte nach Valentin Sonners Haus, weil Sonner angeblich Nachbar von Ammoser ist und in seiner Funktion als Kreistagskandidat der CDU gegenüber der »Badischen Zeitung« erklärt hatte, es sei kein Wunder, dass sich in der SPD derartige Dinge ereignen würden.

Links neben mir steht plötzlich ein Schaf, ich drehe die Scheibe runter, gucke das Schaf an, das Schaf guckt mich an, dann habe ich kurz ein Black-out.

Als ich beim Grasshübelhof ankomme und aussteige, steht 30 Meter entfernt eine Frau mit Mistgabel im strömenden Regen. Die Mistgabel ist erhoben und auf meinen PKW gerichtet, ich denke, mein Gott, nach Stallarbeit sieht das nicht gerade aus, die meint mich! Ich springe ins Auto und fahre Vollgas rückwärts die Einfahrt zum Grasshübelhof wieder runter und am Übergang zur Straße gegen ein aufgestelltes Kruzifix. Ich versuche, das zwei Meter große Holzgestell mit Jesus oben dran wieder aufzustellen, auch ist das Schild abgefallen mit der Schrift »Der Heiland lässt ans Kreuz sich schlagen/Zur Sühne unserer Sündenschuld«.

Das Gestell fällt immer wieder um, ich geb's auf, leg alles in die Wiese, so geht es nicht weiter. Ich fahre seit Stunden irgendwelche Schlammwege rauf und runter, klebe an Fensterscheiben auf der Suche nach Fachbüchern über Ebbe und Flut und werde abwechselnd von Hühnern oder Frauen mit Mistgabeln bedroht und am Ende fahr' ich auch noch den Heiland über den Haufen.

Ich entscheide, bei besserem Wetter wiederzukommen. Vielleicht am nächsten Tag. Vielleicht auch gar nicht. Man muss nicht bis auf den Birchiberg, weil sich die Sozialdemokraten prügeln.

Auf dem Rückweg sehe ich in St. Ulrich vorm Rössle ein Auto mit dem Kennzeichen F, was macht das denn hier? – das kann ja nur die »Frankfurter Allgemeine Zeitung« sein, die haben sich einquartiert!

Am nächsten Tag sofort wieder über Aubach in scharfer Linkskurve hoch nach Geiersnest, das F-Auto vorm Rössle ist weg, wahrscheinlich schon irgendwo vor dem Haus von Ammoser.

Ich steige auf 900 Meter über dem Meeresspiegel, mir kommt ein PKW entgegen mit M wie München, garantiert die »Süddeutsche Zeitung«. Ich biege ab direkt zum Heinehof, den hatte ich gestern ausgelassen, der Heinehof muss zum Holzhandel Heine gehören, »ökologisch, ökonomisch, einfach Holz«, da hatte ich gestern auch durchs Fenster geguckt.

Ich setze mich in die Gaststube »Sonners Straußenwirtschaft« und denke, ah ja, Valentin Sonner von der CDU kann nicht weit sein, der hat wahrscheinlich in den Holzhandel Heine eingeheiratet, und jetzt sitz' ich hier in Sonners Wirtschaft im Heinehof. Sonner, das lässt sich schnell klären, ist vor 10 Minuten weg, ich bin entsetzt:

»Mit der *Süddeutschen*?! Im Auto mit M?!«

Die Kellnerin guckt mich fragend an, nein, sagt sie, nach Bollschweil, mit dem Trecker. Ammoser wohnt schräg oben links im Trudperthof, sagt sie, und wurde gestern hier im Heinehof von Fotografen der »Bild«-Zeitung abgelichtet. Ich rufe:

»Als ob ich es geahnt hätte! Das gibt's doch nicht, *Bild* war hier, bei dem Wetter?! Im Trudperthof?!«

»Ammoser wird dem *Spiegel* ein Exklusiv-Interview geben«, der lasse sich hier nur abbilden, der kriegt vom »Spiegel« einen fünfstelligen Betrag, erklärt ein Mann, der mir sofort seine Visitenkarte reicht, Fremdenzimmer in Fulda, was soll ich denn damit?, ich muss sofort auf den Trudperthof, wo ist das Auto mit F?

An der Einfahrt zum Trudperthof stehen drei Mülltonnen im Trennsystem. Ich öffne schnell die Tonne für Papier und wühle herum, vielleicht finde ich Unterlagen, Notizen von Ammoser, doch es gibt nur Kartons von Joghurt und Salzgebäck.

Der Trudperthof ist umrankt von Sträuchern und Löwenzahn, weit und breit kein Auto, keine Hühner, keine Frauen mit Mistgabeln.

Ich nähere mich langsam einer Türklingel: Heine/Sonner, na, die CDU lebt wohl in wilder Ehe, was? – Aber wo ist Ammoser? Es gibt nur noch Sandra Schiller, kenn' ich nicht, und Parterre eine Wohnung, wo alles zugezogen ist, alle Jalousien runter, ob da Bücher über Flut & Ebbe stehen, weiß man nicht.

Plötzlich ein Rascheln, ich springe zur Seite hinter einen Busch. Wer Bundeskanzler ohrfeigt, der verprügelt vielleicht auch Reporter? Ammoser soll groß sein und aussehen wie der athletische Fußballer Fredi Bobic, überhaupt scheint das ja hier eine sehr militante Gegend zu sein, das ist mir schon gleich aufgefallen, als die Wirtsfrau im Rössle das Messer in den Speck rammte, denke ich, doch schon sehe ich ein Teleobjektiv auf mich gerichtet:

»*Badische Zeitung*, Hoffmann, sind Sie Jens Ammoser?«

»Nein, nehmen Sie das Objektiv runter, ich bin nicht Ammoser, Ammoser ist weg. Waren Sie die ganze Zeit in dem anderen Busch?!«

Ich laufe wieder hoch zur Straße, ich parke jetzt immer an der Straße, ich will nicht, dass mir so etwas nochmal passiert wie auf dem Rückweg vom Grasshübelhof. Außerdem, was ist das für ein Wahnsinn, hinter Büsche in Geiersnest zu springen und von der »Badischen Zeitung«, ebenfalls aus dem Gebüsch springend, für Ammoser gehalten zu werden? Ammoser ist garantiert in Hamburg, wenn der »Spiegel« fünfstellig zahlt, dann fliegen die den auch ein, der sitzt wahrscheinlich jetzt im Atlantikhotel, während ich mir hier mein Auto an Kruzifixen zu Schrott fahre! Die Mediengesellschaft ist durch und durch verkommen, nur weil jemand dem Bundeskanzler eine scheuert, werden Summen gezahlt, kurven alle auf den Birchiberg, und ich werde mit Mistgabeln bedroht oder wühle in Mülltonnen herum.

Am Ortseingang von St. Ulrich steht das Schild »Katholischer Gottesdienst: Sonntags 9 Uhr 30«.

Ich bin da tatsächlich am dritten Tag hin. Ich dachte, wenn Ammoser in Mannheim der Prozess gemacht wird, vielleicht geht er dann vorher nochmal zur Messe Beten?

Es war mein erster katholischer Gottesdienst.

Die Orgeln ertönten, der Pfarrer sprach von unserer »Sündenschuld«. Ich guckte vorsichtig, ob hier die Frau mit der Mistgabel war und ob mich jemand so anguckte, als ob er mich an der Einfahrt zum Grasshübelhof gesehen hatte. Eine Messdienerin lächelte mir zu, ihr hatte ich auf dem Heinehof meinerseits zugelächelt, aber der Pfarrer hörte überhaupt nicht mehr auf mit der »Sündenschuld«, kein Reflex auf das, was mit den Ortschaften St. Ulrich und Geiersnest in den letzten Tagen geschehen war, immer nur »Sündenschuld«, mir wurde schon ganz schlecht. Ich lasse mich lieber in Mannheim ohrfeigen als einen Vormittag Katholizismus in St. Ulrich/Geiersnest, der ahnte doch irgendwas mit dem Kruzifix.

Die Gemeinde lag bereits geschlossen mit den Knien auf diesen Gebetsbrettern, nur ich guckte verstohlen nach rechts, nach links, ob irgendjemand hier aussieht wie Fredi Bobic, bis ich plötzlich einen dicken Finger in meinen Rippen spürte.

»Auf die Knie!«

Der Mann mit dem Birchiberg aus dem Rössle!

»Hinknien!«

Ja, ich kniete. Und nun reicht's.

Nach dem »Amen« war ich bereits fünf Minuten später mit Vollgas durch Aubach in Richtung Berlin. Ammoser, das bleibt nachzutragen, war definitiv nicht in der Messe. Er steckte dem Vernehmen nach zu diesem Zeitpunkt in Dreharbeiten. Die Ohrfeige von Mannheim wurde im Bruno-Schmitz-Saal für RTL nachgestellt, am Originalschauplatz. Danach flog Ammoser wieder nach Hamburg, zum »Stern«.

Ich persönlich werde in Bälde ein Interview mit dem Schaf aus Geiersnest veröffentlichen. Sonst habe ich ja nix.

3 Mit Miriam nach Lenzwald

Es gibt immer mehr Menschen, die versuchen, in dieser Welt Ruhe zu finden. Nicht zu Hause, auch nicht in Wäldern, Klöstern oder auf Inseln, sondern in Seminaren und mit bestimmten Techniken.

Ich persönlich entschied mich für das Zeitlupen-Seminar in Lenzwald/Oberbayern, zur Beseitigung von so genannten Burn-out-Syndromen und Stress. Ich wusste, dass ich die nächsten fünf Tage lernen sollte, in Zeitlupe zu leben, ein Wort pro Atemzug zu sprechen, und dass jeder Toilettengang in Oberbayern mit zwanzig Minuten berechnet werden würde, auch wenn man nur Pipi – also, umgerechnet hieß das ungefähr jeden Tag insgesamt eineinhalb Stunden nur für so etwas, verblüffende Vorstellung.

Irgendwann im Sommer wollte ich dann noch nach Hersbruck/Frankenalb fahren, der Siegerstadt in der »Slow-City-Bewegung«, um dort einen Workshop mit dem Bürgermeister sowie den Erfindern von »Ein Dorf tut nichts« zu machen, ein Projekt, das in Oberösterreich verwirklicht wurde.

Es ging also auch um eine Annäherung an das Thema Zeit, Entschleunigung, Müßiggang. Ein wichtiges, ein richtiges Thema.

Der ICE in Richtung Oberbayern war gut in Fahrt. Ich habe die Angewohnheit, in Zügen ab und an durch die 1. Klasse zu laufen, hier und da Platz zu nehmen, um mich dann abzureagieren. Andere gehen zum Boxen oder zum Eishockey, ich gehe in die 1. Klasse/Bahncomfort und ziehe mir die telefonierenden und in ihre Laptops hackenden Menschen rein. In der Regel bringt mich ein Telefonat zur Weißglut, in dem mir ein Typ zwanzig Mal das Wort »Meeting« ins Ohr brüllt oder »Schicken Sie mir das Feedback auf die Mailbox« – jetzt aber saß ich da in aller Seelenruhe mit der Aussicht auf Lenzwald und meinen Seminarunterlagen und der Sekundärliteratur von Epikur bis »Wenn die Seele S. O. S. funkt«.

In dem Anleitungsbuch von Wolfgang Schneider, der »Enzyklopädie der Faulheit«, heißt es, dass die zu adelnde Faulheit der einzige Weg sei, um eine Gesellschaft zu retten, deren einzige Tätigkeit, auf die sie sich versteht, die dumm-stolze Verherrlichung der Arbeit ist.

Gott hat die Zeit geschaffen, von der Eile hat er nichts gesagt, heißt es bei den Finnen. Oder bei den Südamerikanern: Heute ist der erste Tag vom Rest deines Lebens.

Doch wie erklärt man es der rastlosen Welt und sich selbst? (Vielleicht indem man begönne, Denken, Stillehalten und den Müßiggang der Weisen auch Arbeit zu nennen? Revolutionärer Gedanke!)

In Braunschweig am Bahnsteig läuft ein Mann auf unseren Zug zu, er schreit: »Ich muss da rein!«, aber der Schaffner ruft: »Wir fahren in fünf Sekunden!«, lässt die Türen schließen, der Mann läuft weiter, springt, fliegt herein, aber ein Koffer bleibt in der Tür stecken. Der Zug fährt, aber sein riesiger Metallkoffer ist eingeklemmt in der Tür. Der Schaffner schreit den Mann an, der Mann schreit zurück, das seien keine fünf Sekunden gewesen, er sei Anwalt, im Koffer befänden sich wichtige Prozessakten, Ihren Namen bitte! Was für ein komisches Bild. Da sitzt man da mit »Wenn die Seele S. O. S. funkt«, Senecas »Die Kürze des Lebens« und finnischen Weisheiten und dann stehen zwei schreiende Menschen vor einer Tür, in der wegen fünf Sekunden ein Koffer mit Prozessakten klemmt.

Aufgrund der nicht verschlossenen Tür setzt ein Notsignal ein, also ein Dauerton, wie früher der Dauerton beim Testbild im Dritten, als es noch Sendepausen gab. Ich verlasse den Ort, laufe durch ein paar Waggons an den in den Korridor ragenden Zeitungen, Schlagzeilen und Bildern unserer Tage vorbei: Amerikaner foltern. Die hiesige Mehrwertsteuer, Otto Schily. »Die Stimmungen im Land ziehen dahin wie die Wolkenschatten über unsere Weide, Befindlichkeiten sondieren, das ist, als wollte einer Badeschaum an die Wand nageln«, lese ich im ebenfalls eingepackten Botho-Strauß-Buch; klar, denke ich, auch den Stimmungen in unserem Land fehlt die Zeitlupe, wenn wir mit unseren Stimmungen und Meinungsbildungen so zur Toilette gingen wie in Lenzwald, dann wäre das irgendwie besser, denn was spült oder weht schon morgen die amerikanischen Folterbilder wieder weg?

Wegen des in der Tür steckenden Koffers mit den Prozessakten ist der hohe, fürchterliche Dauersignalton bis kurz vor Hildesheim nicht zu unterbinden. Kinder schreien, eine Frau mit einem Reisekäfig mit Katze rennt durch den Waggon, im Speisewagen wirft ein älterer Herr vorwurfsvoll sein Hörgerät neben die Königsberger Klopse nach dem Rezept von Alfred Biolek. Ich stecke mir meine Zeigefinger in die Ohren und lese »Der flexible Mensch« von Richard Sennett, auch mitgenommen. Der Schriftsteller Burkhard Spinnen (»Die kalte Ente«) hat mir neulich in Bonn gesagt, er schaffe pro Zugfahrt immer einen Roman, manchmal sogar noch eine Erzählung dazu, für ihn habe jede Bahnreise, die einen im Prinzip aus dem Kontext reiße, dennoch damit etwas Rundes, Ganzheitliches. Na gut, bis Fulda schaff' ich auch »Der flexible Mensch«:

»Wie kann ein Mensch in einer Gesellschaft, die aus Episoden und Fragmenten besteht, seine Identität und Lebensgeschichte zu einer Erzählung bündeln?«

Ich bin froh, dass die Prozessakten von diesem Anwalt in der Tür klemmen und nicht mein Koffer mit der Zeitlupenliteratur, denn Sennett hat so Recht wie Strauß mit seinen Wolkenschatten, die über die Weide eilen: Die Stimmungen und Meinungsbildungen rauschen genauso wie unsere Terminkalender von einem Kriegsort, von einem Reformgeschrei zum nächsten, es sammelt und bündelt aber nicht das Gewesene, es zerhackt es und macht es vergessen. Ja, seit ich Terminkalender führe und mein Leben nach der Agenda lebe, ist alles zerhackt und ohne Nachhall oder wie Badeschaum, es müsste die antike Ganzheit wieder her.

Ich begreife dies alles kurz vor Hildesheim und gehe betont langsam zum ICE-WC. 15 Minuten besetzt, 20, ich denke, das ist doch hier noch nicht Lenzwald, Mensch! Ich klopfe und die Frau mit dem Reisekäfig kommt heraus, schweißgebadet.

Ich frage, »Entschuldigen Sie, was machen Sie denn so lange mit der Katze?«, doch die Frau rennt einfach weg.

Der Zug steht mittlerweile irgendwo bewegungslos in den Kasseler Bergen, technische Störung, wenn man nachfragt, natürlich wegen einer defekten Tür und resultierender Gesamtblockierung. Der verbeulte Koffer des Anwalts steht dem Vernehmen nach bei der Bahnhofsdirektion in Göttingen.

Im Speisewagen erzählt der Ober, dass die junge Katze aufgrund des Signaltones von Braunschweig bis kurz vor Hildesheim zu sterben drohte, dass die Frau daraufhin mit ihr auf das WC flüchtete, in der Not die arme Katze in die Toilette setzte, schalldämpfend den Deckel drüber, doch jetzt ist die Katze weg.

Der Anwalt, das erklärt dieser immer noch aufgebracht im Bahncomfort-Bereich, sei auf dem Weg zu einem Industrieprozess, er vertrete eine Holding, die sich einen Gebäudekomplex in Würzburg habe bauen lassen, aber an allen Rahmen und Fenstern seien jetzt Fettränder, weil das Silikon sich ausgebreitet hätte.

Na, das ist ja ungeheuerlich. Und wegen diesen scheiß Fetträndern in Würzburg saust eine Katze durch irgendwelche Saugrohre in ein vermutlich widerliches Auffangbecken mit Säure? Wegen fünf fehlender Sekunden eines Anwalts stehen hier jetzt ungefähr 2000 Menschen in den Kasseler Bergen und sterben Katzen in ICE-Säuren? In Lenzwald hätte ich in fünf Sekunden noch nicht mal ein Wort gesprochen, geschweige denn für's Pipi die Hose aufgemacht!

Eigentlich wollte ich über Muße schreiben, Kontemplation und Zeitlupe betreiben, aber jetzt bin ich schon wieder mittendrin in den über uns hereinbrechenden globalen Tücken. Muss im Speisewagen ein trauriger, alter Mann sitzen, das Hörgerät neben kalten Klopsen von Biolek, nur weil sich in Würzburg Silikon ausgebreitet hat? Erinnert dieser traurige Mann nicht an einen dieser Wale, die jetzt ständig an den Küsten stranden, weil sie die Fremdsignale unter Wasser in den Wahnsinn treiben?

Warum fragt man eine weinende Frau, ob sie vielleicht aus Versehen gespült habe oder ob die Katze wirklich im WC gewesen sei? Selbst bei unseren saugenden ICE-Spülungen, heißt es, sei das Loch immer noch zu klein für eine Katze.

Ich war zurückgegangen in die 1. Klasse und zurückgefallen in meine alten Feindbilder. 300 Menschen versuchten gleichzeitig ihre Meetings mobil umzulegen, und ich überlegte kurz, ob ich jetzt einfach in diesen Chor hineinbrülle:

»Geschieht euch recht, wegen Silikon in Würzburg werdet ihr eure Meetings verpassen! Macht doch mal was anderes und gebt eurem Leben etwas Ganzheitliches! Ich freu' mich schon, wenn ihr alle arbeitslos seid! Kennt ihr DD?!«

DD, das hatte ich gelesen, ist ein Begriff aus der Schule der Muße und meint »Denken dauert«. Man erreicht Großes, wenn man DD anwendet, ich dachte, DD, das müsste den Mobilmenschen gefallen.

Meinen Anschlusszug nach Mühldorf am Inn und dann weiter nach Lenzwald konnte ich knicken, ich wollte ja nicht in Zeitlupe nach Lenzwald, so ein Irrsinn.

Vorne sah man Bedienstete der Bahn in der Dämmerung auf den Gleisen herumklettern, den Mobilmenschen gingen allmählich die Akkus und Feedbacks aus, die Toiletten waren verstopft, einige Mitreisende verlangten auszusteigen. Kinder pinkelten verstohlen in Kaffeetassen, neben mir kratzte sich ein Mann permanent am Sack, eine Frau begann ein Gespräch über Reinkarnation auf Schwäbisch. Ein älterer Herr zerriss fein säuberlich alles, was er in die Finger bekam, ein fremdes Kind verknotete unter dem Sitz meine Schnürsenkel. Ich setzte die Kopfhörer meines Walkmans auf, die Mütze in die Stirn mit Sonnenbrille, baute die Bücher wie eine Burg um mich und dachte an den traurigen Wal im Speisewagen.

Wäre er geblieben, wo er war, hätte er seine Würde wahren können. Welch ein krankes System, nur durch das Treiben und den Wahnsinn anderer sein Gehör zu verlieren und hilflos vor uns zu liegen.

Eine Katze, durch so eine bekloppte ICE-Reise derart aus dem Kontext gerissen, kann ihr Leben, wie es Sennett beschreibt, sowieso niemals als Erzählung bündeln, das kann nur ich für sie tun, sie hieß Miriam.

Um wirklich bei sich zu sein und mit sich selbst halbwegs identisch zu leben, dafür ist unsere Welt in Sekundenschnelle zu vernetzt auf das Fürchterlichste und Dämlichste. Ganz egal, ob Katzen, Wale, alte Männer mit Hörgeräten oder Menschen mit der Sehnsucht nach Zeitlupe: Wenn man die Ruhe nicht in sich findet, dann ist es auch sinnlos, sie woanders zu suchen.

In Lenzwald in Oberbayern bin ich nie angekommen.

4 Komm her, Südwind!

Wenn man in Bayreuth mit dem Regionalzug über Kulmbach ankommt und aus der Bahnhofshalle tritt, sieht man nicht das Festspielhaus von Richard Wagner auf dem Grünen Hügel, sondern den Erotik-Shop »Joy« gegenüber der Parsifal-Apotheke. Ein Bekannter hatte berichtet, dass es Kutschen gebe, mit denen man sich auf den Grünen Hügel fahren lassen könne, doch der Taxifahrer wusste nichts von Kutschen. Dann eben zu Fuß rüber in den Erotik-Shop. Es ist sicherlich eine Schande, zum ersten Mal in Bayreuth einzutreffen und dann gleich da reinzugehen, aber der Shop liegt nun mal gleich links gegenüber vom Bahnhof und er muss auch jedem Wagnerianer ins Auge fallen, wenn er in Bayreuth ankommt.

Das Erste, was ich sehe, ist »Siegfrieds Glied«. Ich habe schon viel gesehen: Siegfrieds Schwert als Füllfederhalter im Schreibwarengeschäft, Siegfried-Fleischplatten in Worms, »Siegfrieds Tod« als Drama von Friedrich Hebbel, aber Siegfrieds Glied? Es steht da für 49 Euro in Plastik verschweißt, ich frage:

»Sagen Sie, wird das denn auch verkauft?!«

»Ja, wenn Festspielzeit ist.«

Ich komme nachher im Zusammenhang mit Wagners Taktstock und dem Thema »Mythos und Moderne« noch einmal darauf zurück.

Jetzt ist auch Festspielzeit, und ich gehe gegenüber in die Parsifal-Apotheke und kaufe mir Traubenzucker für den »Fliegenden Holländer« von Richard Wagner am Abend,

Generalprobe. Auf dem Weg die Bahnhofstraße hinunter kommt die »Galerie der Festspiele«, ein schöner Porzellanladen, der gerade das »Prunkservice Drache« ausstellt. Es gibt Terrinen mit goldenen Drachen, dazu Suppentassen, Milchgießer und Serviettenringe mit grünen Drachen. Ich kaufe einen »Eierbecher mit Lindwurm« in Grün-Gold – vermutlich ein bürgerlicher Reflex auf Siegfrieds Glied und den Erotik-Shop – und schaue auf die Uhr.

Es ist 16 Uhr 30. Um 18 Uhr beginnt die Generalprobe vom »Fliegenden Holländer«, ich muss auf den Grünen Hügel und stehe nun vor einem Verkehrsschild: Festspielhaus, Kfz-Zulassung, Reha-Zentrum, geradeaus. Also, ein deutscheres Verkehrsschild habe ich noch nie gesehen. Wagners Hügel, Kfz und Reha, was da alles drinsteckt!

In dem Buch »Bayreuth für Anfänger«, das ich mir gekauft hatte, schreibt der Autor, dass es in Bayreuth die größte Vereinsmitgliedschaft pro Kopf in Deutschland gebe, was ich ohne Umschweife glaube, als ich am »Verein der Freunde der Festspielfeuerwehr« vorbeikomme. Es gibt Kartenspiel-Vereine, es gibt Vereine zu jedweder Tierhaltung in Deutschland, es gibt auch Vereine der Theaterfreunde, aber ein Verein der Freunde der Festspielfeuerwehr gibt es nur in Bayreuth.

Leider tagten die gerade nicht, dafür habe ich am nächsten Tag bei Eduscho die »Tele-Socke« bekommen. Die Tele-Socke gibt es auch nur in Bayreuth und ist eine Socke, in die man beide Füße gleichzeitig steckt. Erst hatte ich die Eduscho-Frau gefragt, ob dies eine Socke sei zum Fernsehgucken, dann aber fragte sie mich, ob ich die Telemark-Landung beim Skispringen kenne. Was für Gespräche! Da bin ich in Bayreuth, vermutlich beim größten Theatergenie des 19. Jahrhunderts, und dann steh ich bei Eduscho und stelle mir vor, wie die Bayreuther im Winter alle zu Hause herumsitzen in der Telemark-Landung.

Endlich. Über die Siegfried-Wagner-Allee jetzt hinauf zum Grünen Hügel!

Oben stehen ungefähr hundert Leute mit Pappschildern. Beim Berliner Theatertreffen stehen auch Menschen mit Pappschildern, auf denen »Suche Karte« draufsteht, hier jedoch ist es richtig herzzerreißend: »Bitte! Nur eine einzige Karte bitte!« Oder: »Ich muss ein Ticket haben!!«

Vor dem Bühneneingang steht in Rot ein offizielles Schild: »Sonstige Nachfragen sind aussichtslos und unerwünscht«; das klingt ja wie »Hunde müssen draußen bleiben«, hätte man das nicht ein bisschen freundlicher formulieren können?

Ja, vor dem Festspielhaus entsteht, kaum ist man ein paar Minuten hier, sofort eine Zweiklassengesellschaft. Auf Leute, die schon in Abendgarderobe ein Schild in die Höhe halten – »Ich muss eine Karte haben!« –, auf diese Leute schaut man entweder gar nicht, weil man ihr Leid nicht erträgt, so als hätten sie offene, verkrüppelte Beine und lägen bettelnd vor uns auf der Einkaufsstraße. Oder man geht als etwas Besseres an ihnen vorbei und fühlt sich erhaben und auserwählt. Schon dieses Gefühl macht es einem schwierig, das Folgende gänzlich belanglos zu finden.

Es hat ungefähr 15 Minuten gedauert, dann dachte ich, ich fall in Ohnmacht.

Der heißeste Tag des Jahres, mindestens 35 Grad im heiligen Raum. Man sieht das Orchester nicht, es tönt geradezu gespenstisch aus mystischen Tiefen nach oben. Natürlich: die Akustik! Die Akustik! Aber die nützt einem auch nichts bei der Affenhitze, diesen absurden Holzklappstühlen (Festspielhaus – Reha-Zentrum, das macht schon Sinn!), und dann diese Garderoben! Mir knautschte, wölbte sich der Rock der Nebenfrau quasi in meine Hüfte, und wenn man nicht Wagner inhalieren kann, dann bekommt man erhebliche Sauerstoffprobleme.

Vom »Fliegenden Holländer« verstand ich kein Wort, außer der Zeile »Komm her, Südwind!«. Was ist das überhaupt für eine Theaterform, wenn drei Stunden gesungen wird, und dann ist nur »Komm her, Südwind!« zu verstehen?

Ich hielt mir meinen Eierbecher an die Stirn, in der Hoffnung auf Kühlung, und wenn ich mich umdrehte und die Gesichter der Menge sah, bekam ich Komplexe: alle mit wissenden, verzückten Gesichtern, halb offenen Mündern und verdrehten Augen, kein Wunder, dass die sich wahrscheinlich alle »Siegfrieds Glied« kaufen.

Nur ich völlig uninspiriert mit einem Eierbecher an der Stirn und dumm herumstarrend, so als hätte ich den Omnibus verpasst. Blöderweise musste ich dann auch noch die ganze Zeit denken, ob das unsichtbare Orchester da unten vielleicht komplett eingekleidet ist mit der Tele-Socke.

Später sitze ich in einem Restaurant in der Bahnhofstraße und warte auf einen frei werdenden Platz, denn in Bayreuth ist das wohl sehr schwierig mit dem Essen.

Das Wasser in der Blumenvase, das erkenne ich nach einer Weile, ist aus hartem Kunststoff. Ich denke, das gibt's doch nicht, imitiertes Blumenwasser, und drehe die Vase um, doch nichts passiert.

Plötzlich ruft ein Mann im Restaurant einem anderen zu:

»Ich bin deprimiert! Die Spinnerinnen-Chöre ohne Spinnerinnen! Deprimierend!«

Er sieht wirklich deprimiert aus, legt sich sein zerzaustes Haar auf die Seite und beißt in eine oberfränkische Bratwurst. Ein anderer redet auf einen weiteren ein:

»Zu viel Lichteffekte! Mitten in der Erlösungsmelodie Lichteffekte!«

Und dann reden sie in einer Aufgeregtheit, als habe man ihnen allen persönlich etwas weggenommen oder vorenthalten. Als plötzlich ein Österreicher in die Runde stößt und sagt, das sei heuer das Beste seit dem »Jahrhundert-Ring« gewesen, guckt der Mann mit den Spinnerinnen-Chören auf und starrt ihn völlig regungslos an mit unzerkauter Bratwurst.

Also, wenn man das so von außen sieht und hört, dann sind das schon sehr bizarre Vorgänge – und dann auch noch an einem Ort, wo die halbe Stadt wahrscheinlich diese Socke trägt und das Wasser in Blumenvasen künstlich ist, ja, wer so was allen Ernstes öffentlich auf den Tisch stellt, mein Gott, was wird da erst zu Hause los sein?

Ich habe selten einen Ort gesehen, wo zwei Menschengruppen aufeinander treffen, die derartig Welten voneinander trennen. Vielleicht ist das nur noch so in Dornach, wo der Schweizer seine Hecke schneidet, während der Anthroposoph an ihm vorbei zur Menschwerdung ins Goetheanum schreitet, um den ungekürzten »Faust« zu sehen mit Eurhythmie-Elementen. Und in Bayreuth verunstaltet der Bayreuther seine gastronomische Einrichtung, während die Wagner-Gemeinde drei Meter über den Blumenvasen schwebt und »Ich bin deprimiert!« ausruft oder »Die Kavatine im dritten Aufzug viel zu süßlich vorgetragen!«.

Am nächsten Tag die Richard-Wagner-Straße runter Richtung Hofgarten in die »Villa Wahnfried«.

Wahnfried war Wagners Haus und ist heute sein Museum. Es sieht von außen aus wie ein Pantheon unter herrlich großen Bäumen, und wenn man reingeht, läuft man gleich auf den berühmten »Wahnfried-Flügel« zu, den Bechstein-Flügel. Hier, an diesem Instrument, komponierte er die »Götterdämmerung«! Auch den dritten Aufzug des »Siegfried«!

Ich gehe weiter in Wagners Schlafzimmer. Betrachte den Frack, Wagners Regenschirm. Plötzlich sehe ich den deutschen Schauspielkünstler Sepp Bierbichler ebenfalls in Wagners Schlafzimmer. Er steht vor einer Photographie mit dem Titel: »Siegfried und Winifred Wagner mit ihren Kindern Wolfgang, Wieland, Verena und Friedlind im Wahnfried-Garten«.

Ich merke allmählich, wie irgendein Sog einsetzt und mich aus meiner sonstigen Gegenwart absaugt. Ich laufe zurück in die Eingangshalle und berühre den Wahnfried-Flügel, so wie ich in meiner Jugend einmal mein Idol Günter Netzer am Arm berührte. Dann laufe ich in Wagners Arbeitszimmer und betrachte durch eine Vitrine den Taktstock, mit dem Wagner Beethovens Neunte dirigierte.

Ich bin niemals Wagnerianer gewesen, wie auch? Ich weiß ja immer noch nichts vom »Fliegenden Holländer« außer der Zeile »Komm her, Südwind!«, aber was passierte nun? Sepp Bierbichler sah mittlerweile von der anderen Seite durch die Vitrine auf den Taktstock, und im Ernst: Weder er noch ich hätten es sonderbar gefunden, wenn es sogar Wagners Glied gewesen wäre in der Vitrine – so sehr war ich schon in einer Phase alles hinnehmender Mystifizierung.

Bierbichler schritt noch die Wohnstube ab, ich ging auf den Wahnfried-Balkon.

Ja, ich musste hinaus auf den Wahnfried-Balkon!

O weia.

Glücklicherweise klingelte das Handy und riss mich hier raus. Beim Verlassen dieser Stätte sah ich noch Wagners Sterbesofa. Er starb darauf in Venedig beim Abfassen der Schrift: »Das Weibliche im Menschen«, und seine letzten Worte waren »Liebe – Tragik«.

Später im Regionalzug wühle ich in meinen Notizen und finde meine letzten Worte aus dem Festspielhaus, bevor ich dachte, ich kollabiere. Sie hießen »Diese Hitze – Eierbecher!«.

Diese Notiz, gottlob, relativiert vieles, und ich fühle den Eierbecher mit Lindwurm in der Hosentasche.

So kam ich über Kulmbach wieder in der Gegenwart an.

5 Die Zukunft der Feste

Heiligabend am Hauptbahnhof Hannover, Gleis 8. Eisregen.

Man hätte auch unten in der Bahnhofshalle feiern können, aber am Bratwurststand gab es keine Stühle.

»Kommt da noch was?!«, schrie eine Frau mit vier Tüten in der Hand, aus denen eingepackte Geschenke herausguckten mit Schleifen und Blumen. Ein Mann mit einer noch uneingepackten Playstation unterm Arm stellte sich vor einem Bahnbediensteten auf und brüllte: »Sagen Sie mal, soll ich hier bis Neujahr warten!?« »Demnächst«, sagte die Bedienstete zitternd, könne noch ein Regionalzug außerplanmäßig fahren.

Sie sagte es ganz leise um 19 Uhr, jetzt war es 21 Uhr. Außer der Frau mit den Tüten, Blumen und Schleifen, dem Mann mit der Playstation und einem Trinkenden ohne Ziel war niemand auf Gleis 8.

»Folge dem Stern! Die Mega-Flirtline!«, war die letzte SMS, die mich erreichte, »Girls und Boys aus deiner Region, sende an 66 5 66!«.

Ich kenne auch niemanden aus dieser Region, dachte ich, außer den Bundeskanzler, dem kann ich an Heiligabend keine SMS schicken, ich drückte auf 66 5 66, dann erlosch der Akku.

Gunnar, so hieß der Trinkende ohne Ziel, reichte mir Schnaps. »Wird wärmer damit. Musst dir den Weihnachtsbaum da hineintrinken«, sagte er und betrachtete den Mann mit dem uneingepackten Geschenk, der unruhig den Bahnsteig auf und ab lief. Von Abschnitt F nach A, dann wieder von A nach F, immer hin und her.

Ich wusste nicht, ob auch Gunnar an Deutschland dachte, wahrscheinlich eher nicht, er trank den brennenden Weihnachtsbaum in sich hinein, warum sollte er an Deutschland denken?, aber wie fassungslos der Mann mit seiner Playstation unterm Arm zwischen A und F in die dunkle, signallose Leere der Bahnschienen starrte – was soll da noch kommen aus der Ferne der deutschen Schienenführung?

Die Blumen der Frau hingen mittlerweile völlig geknickt aus der Tüte heraus, um circa 21 Uhr 30 hatte sie nochmal einen vorbeieilenden Bediensteten angeschrien: »Warum haben Sie keine Dampflok!?« Als ob man das Rad der Geschichte zurückdrehen könnte: vereiste Oberleitungen, Stellenabbau, Neoliberalismus, der deutsche Sozialstaat, alles Fehlplanungen, ja, muss man zurück zur Dampflok, um in Zukunft die Feste wieder so zu feiern wie immer?

Vielleicht hatte ich zu viel von Gunnars Weihnachtsbaum getrunken, aber der Mann mit der Playstation sah plötzlich aus wie dieser eine von der Gewerkschaft. Ganz vorne im Abschnitt A hatte er sich hingestellt, die Hand in Richtung der versprochenen Einfahrt des Zuges vorgestreckt und den Flächentarif eingefordert wie jedes Jahr.

Am liebsten hätte ich jetzt doch dem Bundeskanzler eine SMS geschickt, um mich mit ihm auf Gleis 8 zu treffen, damit er mal sieht, was in seinem Land vorgeht.

Bevor wir wirklich grundsätzlich reformfähig werden, sagte ich zu Gunnar, müssen wir Deutschen die nächsten Jahre alle mit dir hier hintereinander Weihnachten, Silvester, Neujahr und Heilige Drei Könige feiern! Strukturen werden geboren, leben ein langes Leben und folgen dabei Gewohnheiten, die keiner mehr missen möchte, aber irgendwann geht das nicht mehr!

Ich trank noch einen.

Gleis 8, das wäre jetzt unsere Region, eine Region für das Brechen von Strukturen, von deutschen Verfestigungen, davon bin ich überzeugt, Gunnar, auf Gleis 8 lernen wir mit dem

Wandel zu flirten, und dann wird das hier zwischen A und F die Mega-Flirtline für Reformen, der Kanzler macht auch mit!

Gunnar nickte und zeigte mit dem Finger auf die Frau mit den geknickten Blumen. Es war schon nach 23 Uhr, sie saß auf einem dieser Eisenstühle, die Playstation des Mannes auf den Knien und packte sie ein in goldenes Papier mit Schneeflocken.

»Man muss es doch einpacken!«, sagte sie zu dem Mann, der sich neben sie gesetzt hatte und den Finger auf den Knoten der Schleife hielt.

Dann lächelten sie sogar.

6 Hier baut die Stadtregierung Moskau!

Ein Fensterplatz im Anflug auf Moskau: schneeverwehte Felder unten, endlose weiße Flächen, wo irgendwo im November 1941 der Urgroßvater zusammenbrach und sein Brief mit gefrorener Hand endete, den dann der Kamerad aus der Gefangenschaft brachte:

»Lieber Gott, weiter geht es nicht.«

Wie seltsam, jetzt über all das hinwegzufliegen.

Vom Scheremetjewo-Flughafen fährt man mit dem Bus 20 Minuten bis Chimki, bis zu der Linie vor Moskau, an der die Deutschen endgültig geschlagen waren. Heute stehen hier die Hallen der ersten Ikea-Filiale in Russland, die vor kurzem Eröffnung feierte und bei der Staatspräsident Putin vor laufenden Kameras ein Billy-Regal gekauft haben soll.

Auf der Straße, die von Petersburg bis nach Moskau führt, ist Stau. Knatternde und hupende Schiguli-Autos und durch die Scheiben sieht man fast nichts; draußen ist alles schwarz vor Abgasen und verdrecktem Schnee.

Auf der Ladefläche eines Lastautos sitzt ein Mann mit Fellmütze und hält eine Kiste fest, er hat Moskau, auf das er zufährt, den Rücken zugedreht und starrt bewegungslos auf die Straße in Richtung Petersburg.

Die Twerskaja-Straße führt leicht abfallend direkt auf den Kreml zu, und wenn man jetzt aus dem Bus aussteigt, dann läuft man mitten in das Herz Moskaus. Allerdings sollte man dafür im Dezember in Russland festes Schuhwerk haben und auf keinen Fall in Turnschuhen anreisen wie ich, ohne Mütze, töricht, zumindest das hätte ich vom Urgroßvater lernen können. Meine Annäherung an den Roten Platz mit Kreml und Residenz des Präsidenten ist jetzt eine Mischung aus Springen über diese riesigen Schneepfützen und Stehenbleiben sowie ergriffen in Richtung Kreml blicken, also insgesamt wie ein Grashüpfer hüpfe ich der Machtzentrale entgegen.

Rechts und links der Twerskaja sind riesige Schaufenster, die aussehen wie auf dem Kurfürstendamm oder den Champs-Élysées. Ich springe auf die Treppenstufen eines großen Glashauses und denke, jetzt ist Schluss, jetzt kaufst du dir russische Fellstiefel!

Im ersten Stock steht die erste Russin. Ich habe schon einige Russinnen gesehen, aber noch keine Russin in Russland. Sie steht quasi in Unterwäsche zwischen Kleiderständern, hält eine Baileys-Flasche und ein Glas in der Hand und lächelt. Ich frage:

»Do you have something like Russian moon-boots«, aber sie lächelt nur und sagt:

»Drinking Baileys?«

Gut, ich trinke einen. (Mein Gott, nach zehn Minuten in Moskau Baileys!)

Sie ist höchstens 18, lächelt wie diese russische Märchenprinzessin aus meinen alten Bilderbüchern, spricht aber kein Wort Englisch außer »Drinking Baileys?«.

In der Höhe des Telegraphenamts ist schon wieder ein mit Silber und Gold verziertes Glashaus. Ich fahre ein Stockwerk hoch und lande in einer Halle mit Vitrinen, in der italienische Damenschuhe ausgestellt werden. Im zweiten Stockwerk Vitrinen mit französischen Damenschuhen, im dritten gemischt, im vierten auch. Die Schuhe kosten zwischen 5000 und 9000 Rubel, und man beginnt zu schlucken, wenn man auf seiner Umrechnungstabelle sieht, dass 1300 Rubel etwa 50 Euro sind.

»Do you have real Russian boots for gentlemen?«, und eine Frau, die aussieht wie die russische Agentin in »Liebesgrüße aus Moskau«, zeigt auf die andere Straßenseite, auf ein Glashaus mit fünf Stockwerken Herrenschuhen.

Die Twerskaja sollte man auf keinen Fall zu Fuß überqueren am Nachmittag, das ist schlimmer als Palermo, das hätte nach 15 Minuten Moskau und einem Baileys das Ende durch einen Schiguli sein können.

Tolstoj hat in »Krieg und Frieden« geschrieben, dass jeder Ausländer, der zum ersten Mal Moskau sieht, etwas vom weiblichen Charakter dieser Stadt spüren werde, sogar Napoleon habe diese Empfindung gehabt.

Ich stehe jetzt direkt auf dem Roten Platz, genau vor der märchenhaften Vasilij-Kathedrale, wo auch immer Gerd Ruge gestanden hat, wenn er für die ARD aus Moskau berichtete, und denke, Tolstoj hat Recht. Der Rote Platz wölbt sich wie der Bauch einer Schwangeren, vielleicht im vierten, fünften Monat.

Wenn man am Rande, gleich nach dem Eingangstor, stehen bleibt und auf den riesigen Platz sieht, der so groß ist wie bestimmt fünf Fußballfelder, dann vermittelt diese Wölbung zur Mitte hin irgendwie etwas gewaltig Organisches, so als ob noch etwas großes Bewegliches unter dem legendären Pflasterstein ist.

Auf dem Roten Platz sprach Ivan der Schreckliche zum Volk, wurden Zaren gekrönt, Verräter hingerichtet, Revolutionen und Kriege ausgerufen und Siege gefeiert. Aber es ist, als läge unter ihm noch etwas, was bald kommen wird.

Schneesturm.

Er weht über den Platz, und aus dem Weiß der fast über dem Boden hängenden Wolken blitzt das Gold, das Rot der Türme und Kathedralen und die wie zu bunten Turbanen gewickelten Kuppeln der Vasilij-Kathedrale. Ich laufe am Lenin-Mausoleum vorbei nach rechts auf die helle Fassade im Osten zu und mit Schal um den Kopf durch eine automatische Glastür aus dem Schneesturm in den Haute-Couture-Salon von La Perla.

Von La Perla renne ich durch eine Hugo-Boss-Collection, dann weiter durch Pierre Cardin, Escada Sport, Daniel Hechter, Prada, Max Mara, Cacharel, Gabrielli, Wella, und überall werde ich von Verkäuferinnen angeguckt, als sei ich ein tatarischer Steppenmensch im Büffelfell, der gleich über alles herfallen wird.

Riesige Kronleuchter, glasüberdachter Kuppelbau, überall Spiegel, verzierte Brücken, Stuck, Springbrunnen, Stege, Lounges für Drinks and Peanuts für 300 Rubel. Ich renne quer durch die GUM-Hallen, parallel zum Roten Platz, der immerhin 400 Meter lang ist, und treffe keinen einzigen Menschen, nur fünf Männer einer Wisch-Kolonne. Es ist unheimlich. Wie ein Albtraum von Lenin steht dieses GUM-Warenhaus neben seinem Mausoleum, kein Mensch drin, nur die Verkäuferinnen, die denken, ich bin ein Tartar, und die Wisch-Kolonne, die sich einsam durch 70 000 Quadratmeter Verkaufsfläche wischt.

Ich weiß ja, dass die Zeiten sich geändert haben, aber so?

Am Ende der GUM-Hallen komme ich bei Christian Dior wieder raus, auf die Kolskaja, wo ein Restaurant steht mit Leuchtstreifen auf der Scheibe: »Eat as much as you can!«

Davor hockt eine alte Frau auf einem Schemel, eingehüllt in Decken, und putzt rote Äpfel, die sie mit leiser Stimme anbietet.

Am Beginn der Twerskaja, wo ich später bei McDonald's sitze, leuchtet die Straße in allen Farben. Überall gibt es Video-Leinwände mit Chopard- und Chanel-Mädchen und Sony-Geräten, Spielhöllen, Kinos, Bars und Buden, und an den Ampeln hängen Boxen, aus denen Techno-Musik tönt.

Ein Kind mit zerrissenen Hosen setzt sich zu mir, zeigt auf meine Pommes Frites und hat sehr ernste Augen. Dann geht es mit den Pommes Frites wieder hinaus und verschwindet im Lichtermeer.

Neben der Kreditbank am Puschkin-Platz stehend, die abfallende Straße hinunterguckend, sieht das alles wirklich sehr schön aus. Wie eine bunt leuchtende Kette liegt die Twerskaja da, an deren Ende dann der Rote Platz und der Manegenplatz hängen.

Vor kurzem war ich in Los Angeles, aber Hollywood, wo ich mir ein Meer aus Licht und Glamour erwartet hatte, war so eine Enttäuschung. Der Sunset-Boulevard sah aus wie eine billige Amüsiermeile auf den Kanaren, Los Angeles insgesamt wie das Ruhrgebiet, aber die Twerskaja, die früher einmal Gorkis Namen trug, leuchtete jetzt wie Disneyland.

Aber warum habe ich denn vorher die großen Russen gelesen? Und für was haben sie überhaupt geschrieben?

»Moskau«, sagt Olga, die im Hotel Intourist einfach hinter einem in den Fahrstuhl steigt und fragt, wie viel Dollar man dabeihabe, »Moskau«, sagt sie, »verändert sich jede Minute.« Drei Jahre habe sie in Hamburg gearbeitet, und als sie wiederkam, sei das Hochhaus weg gewesen, in dem sie wohnte, und ein Schild habe dagestanden:

»Guten Tag. Hier baut die Stadtregierung Moskau eine Formel-1-Rennstrecke.«

Dann sagte sie noch, ich solle in die Metro gehen, da sei alles wie früher, und man könne auch in Rubel zahlen.

Auf der russischen Botschaft in Berlin, da war es noch schön!

Auf der Botschaft in der Behrensstraße muss man nämlich das Visum beantragen. Man steht zwei Stunden auf der Straße, wird dann in halb gefrorenem Zustand reingelassen und steht dann wiederum zwei Stunden an den Schaltern 1, 2 und 7 an, hinter denen die Mühlen der Bürokratie in einem Tempo mahlen, dass man wahnsinnig wird.

»Sagen Sie mal!!«, schrie ein Mann, der auch ein Visum

brauchte, »gestern habe ich noch im Fernsehen Putin bei Bush auf dem Sofa gesehen, der will in die NATO, aber was machen Sie denn hier zum Teufel?!« Daraufhin sprang der russische Beamte auf, lief durch die Tür, stellte sich vor den Mann und sagte seelenruhig:

»Dann Sie bleiben hier, wenn Ihnen zu langsam, ja?«

In Berlin hätte ich diesem Russen noch in den Hintern treten können, aber jetzt, jetzt in Moskau, da würde ich ihn umarmen.

◆

Die Metro könnte man auch umarmen. Plötzlich, wenn man einmal durch die Falltüren hindurchgegangen ist, wo die Moskauer immer ihrem Nachfolgenden noch die Tür aufhalten, was man vielleicht als Rest-Sozialismus werten könnte – wenn man also einmal auf diesen kilometerlangen und steilen Rolltreppen hinunter in die Metro-Tiefen fährt, dann ist alles wieder gut.

Wo in der Welt gibt es so schöne alte Lampen? Wo denn solche Marmorhallen? Und diese Kronleuchter? Einen Toast auf Nikita Chruschtschow, der ließ das alles bauen!

Wieder am Roten Platz.

Es ist ganz früh, der Wind weht wieder über den Platz und ein paar Menschen eilen mit Aktentaschen ins Präsidiumsgebäude des Obersten Sowjet.

In der Mitte des Platzes sitzt ein Mann mit umgehängtem Fotoapparat auf einem Stuhl mit der Aufschrift »Photo? Kodak!«. Er spricht ein bisschen Deutsch und sagt, er sei der Erste gewesen, der damals, 1987, Mathias Rust begrüßte, als der hier mit einem Sportflugzeug landete.

Dieser Rust, sagt er, sei ein Prophet gewesen und sehr freundlich. Er sei ausgestiegen und habe ihm die Hand geschüttelt, es gebe ja auch Leute, die fliegen gleich in die kostbaren Gebäude hinein. Und als ich frage »Prophet?«, da sagt er: »Ja, die Herren, die jetzt Moskau regieren, die sitzen alle im Sportflugzeug. Wir sitzen unten und die sitzen im Sportflugzeug.«

Endlich bei Lenin.

Überall in der halbdunklen Grabkammer stehen gut ausgeleuchtete Soldaten und in der Mitte, in einer Vitrine, liegt Lenin. Wie eine Wachspuppe im blauen Anzug, die rechte Hand zur Faust geballt, die linke erschlafft auf seinem Anzug. Man darf nur wenige Sekunden da stehen, aber in diesen Sekunden fragt man sich schon, was das eigentlich alles noch soll.

Unter dem Roten Platz gibt es angeblich unterirdische Räume mit chemischen Laboren, in denen Speziallösungen entwickelt werden, um Lenin weiterhin zu erhalten, aber warum dieser ganze Aufwand, wenn schon 100 Meter entfernt die ganze Welt über ihn lacht?

Es wäre logischer, Lenin im GUM zu verkaufen, als ihn in einer Stadt aufzubewahren, die auf Biegen und Brechen aussehen will wie alle reichen Weltstädte zusammen und wahrscheinlich nichts anderes ist als eine absurde und drapierte Kapitalismus-Installation, hinter der die meisten verschämt sitzen mit so traurigen Gesichtern wie dem des Jungen, der mit den Pommes Frites hinter den Leuchtreklamen verschwand.

Ja, und die russische Seele?

Auf dem Friedhof des Jungfrauenklosters, am Grabe Anton Tschechows, überlege ich, ob vielleicht das Mädchen mit der Baileys-Flasche, anders gekleidet, bei ihm hätte vorkommen können. Aber dann muss ich die ganze Zeit denken, wie seine »Möwe« oder seine »Drei Schwestern« jetzt bei Putin im Ikea-Billy-Regal stehen.

Ich war auch in der Tretjakow-Galerie, wo sehr viele Russinnen hingehen sollen am Wochenende, aber ehrlich gesagt, es war komplett unmöglich, mit einer kunstinteressierten

Russin zu flirten, wenn sie sich in der Tretjakow-Galerie einen Ivanov anguckte oder einen Surikow.

»Sorry, do you have also seen the amazing picture of Kramskoi, I mean: Do you like to drink a vodka after Surikow?«, aber sie, sie starrte nicht mehr auf Surikow, aber auch nicht auf mich, sondern jetzt zehn Minuten kommentarlos auf irgendwelche Blumentöpfe von Sapunow.

Ein bisschen Russland mit Seele habe ich mir dann noch auf dem Sperlingsberg gekauft.

Hier, von wo aus Napoleon das brennende Moskau sah – das jetzt, wie ich glaube, ganz anders brennt –, hier gibt's die berühmten Matrjoschka-Puppen: eine große Puppe, in der ist dann wieder eine neue Puppe und so weiter. Gekauft habe ich mir eine Putin-Puppe, die ist doof, aber in der Putin-Puppe ist eine Jelzin-Puppe, und nach der Jelzin-Puppe kommt zwar Breschnew, dann sogar Stalin, aber dann eben Lenin.

Lenin steht jetzt bei mir zu Hause auf der Fensterbank, ohne Konservierungsstoffe, im MP3-Player hab' ich die Balalaika.

In Lenin ist übrigens noch Nikolaus der Zweite, dann Peter der Große und am Ende, ganz klein, Ivan.

Den Rest von Russland habe ich weggeschmissen.

7 Das große Stolpern

»Wenn Sie Wirtschaftsethik studieren wollen,
müssen Sie sich für eins entscheiden.«
Carl Schmitt

Als Zuschauer gelangt man ins Düsseldorfer Landgericht über den Innenhof. Dort stehen schon zwei schwarze Limousinen. Ein Mann im blauen Anzug hat eine Fußmatte in der Hand und klopft sie gegen die Mauer des Landgerichts, dann legt er sie wieder liebevoll in die Limousine. Das ist bestimmt der Fahrer von Josef Ackermann, was der wohl für einen Stundenlohn kriegt? Ich gehe zu ihm hin und frage:

»Sind Sie der Chauffeur vom Vorstandsvorsitzenden der Deutschen Bank?«

Keine Antwort.

»Schönes Auto.«

Nichts.

Er hat einen Knopf im Ohr, hört irgendwas und legt den Finger auf den Mund.

Jetzt im grauen Treppenhaus hoch zum Schwurgerichtssaal L III, zum spektakulärsten Wirtschaftsprozess in der Geschichte der Bundesrepublik, zum Mannesmann-Prozess. Und da ist es eigentlich auch verständlich, dass man sich bei solch einem Jahrhundertprozess nicht mal eben mit dem Oberchauffeur der Deutschen Bank im Innenhof austauschen kann, der weiß ja wahrscheinlich alles!

Bei der Sicherheitskontrolle haben sie sogar meine Fisherman's-Bonbons einzeln durchleuchtet!

Wenn man dann allerdings in den Saal tritt, wo 1975 schon der Majdanek-Prozess gegen 15 KZ-Schergen stattfand, denkt man: Also, das ist jetzt aber definitiv der falsche Saal, geh' mit deinen Fisherman's wieder zurück und frag', wo du hinmusst, doch dann sehe ich Ackermann vier Meter vor mir, wie er zwei Handys ausschaltet.

Der Raum, in dem wir stehen, sieht aus wie eine Turnhalle, in der mal gerade vier oder fünf Tischtennisplatten Platz hätten. Die Wände sind, glaube ich, aus Spanholz, die Fensterscheiben sehen aus wie mit Quark beschmiert, dann gibt es einen blaugrauen Industrieteppich und die zwei Ikea-Regale (Billy!) mit den Leitz-Ordnern sind auch nicht gerade mit einem gewissen Raumgefühl aufgestellt worden, zu den Ikea-Regalen komme ich noch. Auch das Kruzifix über den Richtern hängt eher total schief statt wie ein würdiges Zeichen oder Damoklesschwert in der Mitte des Gerichts.

Es ist bizarr. Ausgerechnet hier soll über den entfesselten Kapitalismus, über die Unproportionalität der Globalisierung und das Maßlose ihrer Protagonisten verhandelt werden. Nicht mal den Dorfrichter Adam würde man mit Kleists »Zerbrochenem Krug« in dieses Bühnenbild reinkriegen; da hätte man doch gleich in der Limousine von Ackermann prozessieren können.

Jetzt geht die Richterin noch einmal die Angeklagten durch, die mit dem Vorwurf der schweren Untreue belastet werden: der Ex-Vorstandschef von Mannesmann, der mal 30, mal 60 Millionen Mark »Anerkennungsprämie« bekommen haben soll, als er in einer Winternacht 2000 die Übernahme von Mannesmann durch den britischen Vodafone-Konzern, sagen wir, mitgestaltete und danach der Presse erklärte, er habe das Gefühl, die Briten hätten Deutschland erobert wie im Zweiten Weltkrieg, eine Aussage, die allerdings heute leider nicht mitverhandelt wird.

Des Weiteren angeklagt: der Ex-Aufsichtsratschef (zirka sechs Millionen) und der Ex-Belegschaftsvertreter (keine Ahnung wie viel). Und dann noch der Ex-Chef der IG-Metall und natürlich die Deutsche Bank (Josef Ackermann), die beide als Aufsichtsräte die Zahlungen an die von den Briten Geschlagenen genehmigten – so sitzen sie nun alle da wie auf der Schnur aufgereiht hinter viel zu kleinen Tischen und starren stumm auf ihre Schuhe, die vorne unter den Tischplatten wieder rausgucken.

Gestern hatte der Ex-Vorstandschef die Staatsanwaltschaft noch geschmäht und ohne den Staatsanwalt anzuschauen fünf Stunden erläutert, warum die insgesamt 111 Millionen Prämien und Abfindungen an die Mannesmann-Spitze im Zuge des Übernahmekampfes mit Vodafone legal und sogar im internationalen Vergleich als zu gering zu bewerten seien. Jetzt legt der Staatsanwalt los und die Wirtschaftsmänner starren unentwegt auf ihre schwarzen Lederschuhe.

Die fünf Spitzenanwälte der Angeklagten sitzen durch die Enge des Raumes sehr nah an ihren Mandanten, und von hinten sehen sie aus mit ihren Talaren wie Väter oder Mütter bei der Einschulung ihrer Kinder, die sie noch im Arm halten und ihnen zusprechen, während sie vorne der Lehrer auf das ungerechte Leben vorbereitet.

Besonders der Ex-Vorstandschef wirkt fast herzzerreißend. Sehr klein, ganz dünn, sein Anwalt ist bestimmt einen halben Meter größer und bückt sich über ihn wie über ein Küken. Später, wenn der Ex-Vorstandschef aufsteht, sein viel zu großes, dunkelblaues Jackett zuknöpft, sieht er aus, als hätte er einmal sehr gut in den Anzug gepasst, immer gut gegessen, aber dann auf einmal alles wieder ausgespuckt.

Im »Handelsblatt« hatte ich über Investment-Banking gelesen, es sei wie Bulimie. Erst stopfe man sich voll, dann übergebe man sich, und dann gehe es wieder von vorne los.

Der Staatsanwalt hat aber gerade ganz andere Sorgen. Er sitzt direkt unter der quarkartigen Scheibe, und seine Mitkläger, denen die Gardine fast auf den Tisch hängt, sind von hinten überhaupt nicht mehr zu sehen. Meine Nachbarin, eine Rentnerin aus Düsseldorf, ist völlig verwirrt.

»Ich gucke seit Tagen immer da hin, wo die Anwälte hingucken und die Angeklagten, von da muss doch dann die Stimme kommen, kommt sie aber nicht! Wer spricht denn nun?!«

Ich erkläre ihr, dass jetzt vermutlich der Staatsanwalt spricht und dass man sich durch die Kopfhaltung der Angeklagten und Anwälte nicht verwirren lassen dürfe, die gucken ja extra in eine andere Richtung, so als klage sie die gegenüberliegende Wand an.

Im Übrigen hört man auch schlecht, die Mikros sind Mist. Der Staatsanwalt verliest jetzt E-Mails, die zwischen den Mannesmann-Spitzen versendet wurden und die nachweisen könnten, dass der Ex-Vorstandschef die Zahlungen verheimlichen wollte. Jedes Mal, wenn der Staatsanwalt eine E-Mail verlesen hat, die kaum einer im Saal versteht, springt er auf, läuft zu einem Zeugen (Ex-Mannesmann-Justitiar: halbe Million), um ihm das Schriftstück vorzulegen, stolpert aber meist, weil zwischen der Bank der Staatsanwaltschaft und dem Protokollanten am Richtertisch einfach kein Platz ist und dann auch noch diese Ikea-Regale da stehen.

Am besten ist es, wenn dieser riesige Star-Anwalt vom Ex-Vorstandschef sich aus der Mitte der Angeklagten erhebt, um im Raum Schriftstücke zu verteilen. Er bleibt dann nämlich meist am Stuhlbein vom Ex-Chef der IG Metall hängen und ist im größten Wirtschaftsprozess der Nachkriegsgeschichte vor allem mit dem Stolpern beschäftigt, wie Freddie Frinton in »Dinner for one«.

Irgendwie scheint dieser Prozess in seiner merkwürdigen Form immer mehr der Ausdruck eines grundsätzlichen Missverständnisses zu sein, einer Begegnung, in der zwei Welten aufeinander treffen, die beide für sich stimmig und rechtens sind, und deshalb hier jetzt auch absolut überhaupt nichts mehr zueinander passt.

Als sich Herr Ackermann am ersten Prozesstag hinstellte, seine Hand zu einem Victory-Zeichen erhob und dann sagte, Deutschland sei das einzige Land, in dem diejenigen vor Gericht stehen würden, die »Werte« schaffen, da war das wohl gar nicht so anmaßend gemeint. Wenn man bedenkt, dass für ihn »Werte« offenbar weder Arbeitsplätze oder so etwas wie Moral (schwieriges Wort) oder auch gesellschaftlicher Wohlstand, sondern allein Börsenwerte sind. Wenn man bedenkt, dass kein Ackermann und kein Ex-Vorstandschef dieser Welt versteht, was schlecht daran sein soll, wenn man das Übernahmeangebot von 47,2 auf 49,5 Prozent steigert. Und damit die Aktionäre um 80 Milliarden Euro reicher macht. Und sich dann davon mal selbst 0,2 Prozent vom Geld der Aktionäre genehmigt.

Für Menschen, die vor allem Menschen mit Börsenwerten kennen, die ihr Leben in Meetings verbringen, in denen sie sich gegenseitig in absurde Aufsichtsräte wählen, deren ganzes Sein schon so sehr durch Konzernwirtschaft kolonialisiert worden ist – für diese Leute müssen solche Vorwürfe wie aus einer kleinen, zurückgebliebenen Welt herangekrochen kommen, in der ihre schönen, sagenhaften Bilanzen einfach in popelige Ikea-Regale gestellt werden und Staatsanwälte mit Besoldungsstufen A-irgendwas über den blaugrauen Industrieteppich stolpern wie Winkeladvokaten, während sie versuchen, anhand eines beschlagnahmten E-Mail-Verkehrs die Globalisierung nachzustellen.

In diesem Raum aber ist die Globalisierung nicht nachzustellen. Nicht, wenn auch der Anwalt des Ex-Vorstandschefs ständig am Stuhlbein der Ex-IG-Metall hängen bleibt. Nicht, wenn die Gegenwelt der globalen Spieler sich auch noch bei jedem englischen Ausdruck für die Aussprache entschuldigt.

Ein Wort wie »Appreciation Award« (also die zirka 60 Millionen für den Ex-Vorstandschef) oder »Chief Executive Officer«, auch das Wort »Shareholder-Value«, das Menschen wie Ackermann sagen wie andere Leute »Guten Tag« oder »Butterbrot« – solche Worte passen einfach nicht in diesen Raum zum armen, einsamen Kruzifix, genauso wenig wie man in diesem Prozess die Moral, die Scham und die Proportion in die Börsenwert-Menschen implantieren wird.

Als der breitschultrige Ackermann am Ende des Prozesstages sofort aufsteht, sodass der Stuhl neben ihm fast umfällt, da sieht er aus wie ein wild gewordener Elefant oder ein Krokodil, das man irgendwie in einen Kaninchenstall hineingekriegt hat, der nun auseinander bricht. Ackermann, der überhaupt nicht mehr grinst, macht sofort seine Handys an, um diese kleine Welt so schnell wie möglich auszuschalten.

Am kommenden Freitag muss er hierher zurückkommen.

Dann soll ein Zeuge aus Hongkong auftreten, von dem sich die Verteidiger Gutes erhoffen. Er ist Vertreter des damaligen Mannesmann-Hauptaktionärs Li Kashing, Mischkonzernchef von Hutchison Whampoa, einem der laut Statistik reichsten Männer der Welt. Der Zeuge soll den Appreciation Award in jener Winternacht aus einer Air-France-Maschine per Satellitentelefon angeregt haben mit den Worten:

»Let's do it in the Chinese way.«

Nun will er aber Hongkong nicht verlassen. Die Anwälte der Börsenwertmenschen bestanden deshalb auf einer »audiovisuellen Videovernehmung« (Audio-visual-hearing-of-the-witness).

Ich fürchte, am kommenden Freitag steht dann im Schwurgerichtssaal neben den Ikea-Regalen eine Art rheinländischer Diaprojektor, es sei denn, die Herren aus der anderen Welt bringen ein bisschen was von zu Hause mit.

Nachtrag I:
Im Sommer 2004 wurden alle Angeklagten freigesprochen. Das Gericht sah die Tatvorwürfe der schweren Untreue oder der Beihilfe als nicht erwiesen. Zwar verstoße der großzügige Umgang mit anderer Leute Geld gegen das deutsche Aktienrecht, aber eben »nicht gravierend«, wenn man die »Gepflogenheiten« der globalisierten Konzernwirtschaft zugrunde lege. Der Freispruch erfolge letztlich mehr oder weniger aufgrund eines »unvermeidbaren Verbotsirrtums«, dem die Angeklagten erlegen seien. Dem Ex-Vorstandschef wurde ein Schmerzensgeld von 10 000 Euro zugesprochen.

Nachtrag II:
Im Winter 2005 gab der Vorstandschef der Deutschen Bank bekannt, er habe den Jahresgewinn um 87 Prozent auf 2,5 Milliarden Euro gesteigert. Um die Rendite von den erreichten 17 Prozent in 2005 auf die angestrebten 25 Prozent für die Aktionäre zu steigern, müsse er verständlicherweise 6400 Arbeitsplätze im so genannten »Backoffice« streichen, um die Kosten zu senken. Im Gegenzug sollen in Ländern mit billigen Löhnen neue Arbeitspätze geschaffen werden. Diesen Vorgang nennt die Deutsche Bank »Smartsourcing«.

Nachtrag III:
Seit Frühjahr 2005 fragt man sich allerdings, ob der Vorstandschef demnächst beim Smartsourcing und Renditemachen etwas gestört werden könnte, denn der Generalbundesanwalt beantragte ganz überraschend vor dem Bundesgerichtshof in Karlsruhe, die Freisprüche im Mannesmann-Prozess aufzuheben. Folgt der Gerichtshof dem Antrag der Bundesanwaltschaft, treffe ich bald den Oberchauffeur von Ackermann vorm Landgericht wieder. Dann legen wir mal schön die Fußmatten beiseite, und ich mach's mit ihm »in the Chinese way«. Danach ist wahrscheinlich nur noch ein einziger Nachtrag fällig.

8 Ein Tag im Gericht von Denpasar

Im Innenhof der Polizeistation von Denpasar sitzen junge Balinesen mit grauen Uniformen und Maschinenpistolen und spielen mit ihren Mützen. Wenn man mit einem Taxi in den Innenhof hineinfährt, lassen sie die Mützen fallen, springen auf und greifen nach ihren Waffen. Zwei Tage nachdem ein Selbstmordattentäter mit einem Taxi vor das Marriott-Hotel von Jakarta fuhr und zehn Menschen mit in den Tod riss, ist es vielleicht auch nicht die beste Idee, sich der balinesischen Polizeistation auf diese Weise zu nähern.

Im Dienstzimmer von Cornel Gaud bekommt man einen Ausweis für den Prozess gegen den Terroristen Amrozi, der vermutlich die Sprengsätze der Bali-Bomben vom 12. Oktober 2002 baute.

Frau Gaud sitzt mit goldenen Epauletten auf den Schultern und einigen Orden am Schreibtisch, schlägt mit Wucht einen Stempel auf ein Papier und schiebt den Ausweis über den Tisch.

Ich frage Cornel Gaud, ob sie wirklich bei der Urteilsverkündung mit der Todesstrafe für Amrozi rechne? Sie nickt. Ich frage weiter, ob das schwierig sei, weil man die Todesstrafe doch eigentlich in Indonesien abgeschafft habe?

Frau Gaud zeigt jetzt auf den Innenhof, wo die Polizisten mit den grauen Uniformen sitzen und wieder mit ihren Mützen spielen. Sie werden am Abend, sagt sie, im Hinrichten ausgebildet. Am Ende entscheide man sich dann für einen.

»Nart Graha«, der Saal des Hohen Gerichts in Denpasar,

sieht aus wie eine Turnhalle mit rotem Kachelboden, hölzernen Ventilatoren und Campingstühlen für 200 Journalisten und Angehörige, die im Abstand von zehn Metern hinter Amrozis Stuhl sitzen, genau vor dem hohen Stuhl des Obersten Richters.

Jeder Journalist wurde dreimal abgetastet, und alle mussten ihre Handys abgeben, die nun mit einer Nummer versehen in einer Wanne liegen.

Als Amrozi um kurz nach neun hereingeführt wird, lächelt er, ruft »Allahu Akbar« (»Allah ist groß«) und setzt sich. Dann beginnen die fünf Richter sieben Stunden lang die Amrozi-Akte zu lesen.

Von den Geheimtreffen der »Jamaah Islamiyah« und den Terroristen Mubarok, Wan Min und Mukhlas über die Verbindungen zu Al Qaida und Osama bin Laden, der Ausbildung bei den Taliban, vom Kauf der Materialien für die Bomben, der Beschaffung des Autos, das am 12. Oktober 2002 vor die Diskothek in Kuta fuhr, und der Sprengung der anderen Diskothek per manipuliertem Handy: 58 Zeugenaussagen, Aussagen der anderen Terroristen, Biografisches über die 202 Todesopfer. Jede Stunde liest jemand anderes, insgesamt 500 Seiten.

Amrozi sitzt barfuß im weißen Hemd mit moslemischer Kopfbedeckung auf seinem Stuhl und betet. Mal wackelt er mit den Beinen, dann sieht er auf seine Füße. Wenn er kurz zur Seite schaut, blitzen die Fotografen, und er lächelt.

Im Gerichtssaal sitzt in der ersten Reihe ein Indonesier, der sich ab und an umdreht und einem der Journalisten ein Foto zeigt, auf dem abgerissene Hände und Arme zu sehen sind und Teile des Autos, in dem die Bomben waren. Leise flüstert er: »Hundred Dollar.« Dann wendet er sich wieder den Richtern zu, anscheinend ist in balinesischen Gerichten der Handel erlaubt.

Einigen Journalisten wird es nach eineinhalb Stunden zu langweilig, und sie beginnen sich gegenseitig zu interviewen.

Die Japaner fotografieren die balinesischen Reporterinnen, und ein amerikanischer Journalist verabredet sich mit einer Holländerin zum Frühstück, die wegen ihrer am 12. Oktober getöteten Freundin hier ist.

Irgendwann schlafen die ersten australischen Journalisten ein, denn sie verstehen kein Wort. Es wird immer heißer. Flaschen dürfen nicht mit in den Saal genommen werden, deshalb stehen die Getränke draußen neben der Handy-Wanne, die mittlerweile zirpt, piept und zischt wie ein Becken mit Nattern.

200 unausgeschaltete Handys in einer Wanne wirken merkwürdigerweise bedrohlicher als ein kleiner, betender Terrorist.

Sein Gesicht ist einfach, fast zart. Nicht im Geringsten spiegelt sich darauf, was um ihn herum geschieht: 40 Kameras, die den Rücken, die Hosenbeine und die Fußsohlen des Massenmörders filmen, und auf der Straße ein ganzes Volk, das ihm den Tod wünscht. Er aber betet wie ein Kind – eine geradezu poetische Form der schrecklichsten Ignoranz.

Cornel Gaud hatte noch in ihrem Dienstzimmer gesagt, dass die Terroristen aus Java wie Tänzer seien.

»Wir haben Amrozi und Samudra gefangen, aber sie tanzen vielleicht auch in diesem Moment um uns herum.«

So ähnlich ist es auch auf dem Gerichtsgelände: Einige Journalisten suchen in der vibrierenden Wanne panisch ihr Handy, andere lassen sich aus der Küchenstation der Polizei Wasser und Nasi Goreng über eine Mauer reichen, wie Gefangene.

Absurd ist das schon: Draußen leiden die Weißen, wechseln ihre Hemden und rufen: »Wie lange noch?« – und drinnen betet Amrozi lächelnd seiner Todesstrafe entgegen.

Im Gerichtssaal sitzt auch der Indonesier Theodorus. Er schreibt für eine Regionalzeitung und fragt, ob ich mit nach Kuta kommen wolle. Man brauche das Urteil nicht abzuwarten, das sei wie ein Tod. Das Sterben eines Menschen dürfe man nicht ablichten, selbst wenn er ein Verbrecher ist. Er zeigt auf die Tempelfiguren, die über den Richtern schweben. Was er mir zeigen wolle, habe damit zu tun.

In Kuta gehen wir über die Hauptmeile, ein Shop nach dem anderen, Bar an Bar, voll gestopft und zugebaut mit amerikanischen, australischen Firmen. Gerade hat ein Starbucks eröffnet und ein Prada-Laden.

Irgendwo ist plötzlich Luft in dieser blinkenden Enge – was geradezu befreiend wirkt.

Es ist der Bombenort. Überall Blumen, Fotos von jungen Australierinnen, T-Shirts mit »Fuck the terrorist«. Theodorus zeigt hinter die Leere des Bombenplatzes, dann auf einen Tempel, der wie durch ein Wunder stehen blieb.

»Das ist das Zeichen, dass die Götter auf unserer Seite sind.«

Plötzlich tönt Jubel durch die Straßen. Wir laufen in einen Pub und sehen auf Bali-TV, wie die Richter, Beisitzer, Polizisten, Journalisten und Amrozi im Gerichtssaal von Denpasar stehen.

Es ist 16.20 Uhr. Amrozi wurde eben zum Tode verurteilt. Laut einer Australierin am Biertresen sei geklatscht worden, und Amrozi soll lächelnd die rechte Faust erhoben und etwas gerufen haben.

9 Die drei von der Sparkasse
Unsere Zukunft mit der CDU

Um zum Landesparteitag der Berliner CDU zu gelangen, muss man den Lift ins zweite Stockwerk des Palace-Hotels nehmen, aber das ist gar nicht so einfach, wenn davor ungefähr dreihundert Delegierte stehen. Im Lift ist es ziemlich eng und riecht nach Deo und Herren am Morgen. Jemand sagt: »Es muss mit Deutschland wieder aufwärts gehen, Herr Bornschein, drücken Sie mal bitte auf zwei.«

Herr Bornschein sagt »Wie denn?«, presst einem Kollegen seinen Parteitagsordner auf die Brust, sodass dessen Namensschild verrutscht, und versucht nun aus der Hüfte auf zwei zu drücken.

Oben gibt es einen Bierausschank, Würstchen, Tische der Berliner Kreisverbände. Gerade kommt Frank Steffel, der frühere Fraktionsvorsitzende und Ex-Spitzenkandidat. Er ist braun gebrannt, schüttelt lächelnd Hände, ohne die Gesichter anzuschauen, läuft in den Sitzungssaal und schüttelt weiter.

Von 10 Uhr bis 10 Uhr 15 werden überhaupt nur Hände geschüttelt. Viele Delegierte gehen an den Tischreihen vorbei und schütteln ohne hinzusehen, wie der Ex-Spitzenkandidat. Ich selbst sitze ganz hinten am Übergang des Kreisverbands Spandau zum Besucherbereich, und so kommt es, dass ich von den Spandau-Delegierten auch geschüttelt werde. Frau Billerberg geht mit einer Handtasche umher und sagt zu jedem »Frühstück!«, man greift hinein, und dann sitzt der ganze

Kreisverband Spandau da und beißt in Croissants, während der Generalsekretär den 26. Parteitag eröffnet.

Er steht am Rednerpult vor einer blauen Kulisse mit Brandenburger Tor und der Schrift »CDU Berlin – Dienstleister für Deutschland« und verkündet die Tagesordnung. Um ihn herum sitzt das Präsidium. In erster Reihe eine Frau in einem interessanten Pullover mit einem Kuckuck drauf, sie lächelt und wirkt lustvoll mit ihrem curaçaofarbenen Lidschatten, die eine Leuchtkraft haben bis nach ganz hinten in den Verband Spandau.

Daneben sitzt ein Mann mit einem feinen Bart, der sich um die Mundwinkel herum nach unten biegt und ein Hufeisen bildet. Er trägt wie sein Generalsekretär kaum Haare, dafür aber eine Brille, die er beim Zeitungsblättern nach vorne schiebt. Neben ihm sitzt der Schatzmeister der CDU, der, wie der Generalsekretär sagt, »immer für uns zwischen Charlottenburg und Brüssel unterwegs ist, nicht wahr, Ingo?«, aber Ingo, der Schatzmeister, blättert jetzt auch in Zeitungen. Das ist wirklich irritierend. Der Parteitag hat gerade erst begonnen, aber oben im erhöhten Präsidium blättern sie schon Zeitungen.

Der Generalsekretär mit seiner insistenten Stimme, die für ein Mikrofon immer etwas zu laut ist, wirkt mittlerweile wie ein Bademeister an einem Berliner Beckenrand. Man muss sich die Ohren zuhalten, wenn er die Namen der Verstorbenen verliest und »100 Mitglieder« bedauert, »die uns seit dem letzten Parteitag im Mai verlassen haben«. Oh, jetzt ist mal gerade Frühling, keine 10 Monate später, wenn das so weitergeht, dann ist ja bald die ganze CDU weg, ich meine, da stirbt ja fast jeden dritten Tag ein Parteimitglied!

Der Parteivorsitzende ist allerdings noch etwas jünger. Er sieht ganz gut aus, so eine Mischung aus Marcel Reif von Premiere und Mario Adorf in »Der große Bellheim«. Als er aufsteht und den »Bericht des Landesvorsitzenden« hält, erfährt man allerdings nichts über die CDU. Von 10 Uhr 20 bis zur Mittagspause wird nur über die SPD gesprochen. Von deren

Vorsitzenden und der Korruption, vom Regierenden Bürgermeister und seinen Partys und Auftritten in Quizsendungen und natürlich von Inkompetenz. Später steht ein junger Mann im Konfirmandenanzug am Pult und ruft: »Die richten unsere Stadt zugrunde!«, was ja sein mag, aber in seiner sich überschlagenden Stimme klingt es, als wolle man den BMW seines Vaters anzünden.

Mittlerweile ist der alte Ex-Bürgermeister eingetroffen, um sich zum Ehrenvorsitzenden wählen zu lassen. Er setzt sich in die hinteren Reihen und hört noch dem jungen Mann im Konfirmandenanzug zu, der schon Fraktionschef ist. Was muss das merkwürdig sein, nachdem man 18 Jahre diese Partei darstellte, nun von hinten nach vorne zu gucken. Und vielleicht zu sehen, dass man in 18 Jahren Machterhalt keinen einzigen politischen Erben herangezogen hat?

Nach der Mittagspause ist der Ex-Bürgermeister zum Ehrenvorsitzenden gewählt, geht nach vorne ans Pult, hält eine auratische Rede mit der Vision vom Ausbau der U7 und U5, der Vison von einer kommenden Hertha im UEFA-Cup-Bereich und dem Bundespresseball im Berliner Stadtschloss. Dann geht er nach Hause.

Der Parteitag kommt zum Tagesordnungspunkt »Das Impulsreferat«.

Das Impulsreferat wird gehalten von Prof. Rupert Scholz, den ich leider nicht kenne. Es geht um eine Hauptstadtphilosophie und die Frage, mit welchen Mitteln die Hauptstadt auch geistiges Zentrum werden könnte so wie Paris, Rom oder London. »Kräuterbonbons?«, fragt Frau Billerberg, die mal wieder mit ihrer Tasche durch die Fraktionsreihen geht.

Ich sage: »Danke, ich gehöre eigentlich gar nicht zum Kreisverband Spandau.«

Ich drehe mich um und sehe über Neukölln bis Tempelhof. Hinter mir sitzt einer und lernt Steuerrecht, er will »Steuerfachangestellter« werden. Ein Delegierter eine Reihe weiter hat Senf auf seiner Donald-Duck-Krawatte und putzt an ihr herum. Neben mir sitzt einer und sucht im Gebrauchtwagenteil der »Mopo« einen PKW.

Ich frage: »Sie wissen schon, dass da vorne gerade das Impulsreferat läuft?«

Er lächelt und schlägt eine Seite mit einem Vorbericht vom Boxen auf.

Vermutlich verstehe ich Parteitage nicht.

Vorne im erhöhten Präsidium ist der Mann mit dem Hufeisenbart vollends zur Lektüre übergegangen und sitzt da wie Graf Koks von der Gasanstalt. Ingo, der Schatzmeister, starrt auf den Tisch und ist wahrscheinlich gerade irgendwo zwischen Charlottenburg und Brüssel, und der Parteivorsitzende, der Generalsekretär und der Fraktionschef sehen aus wie »Die drei von der Sparkasse« nach Dienstschluss, während sich Prof. Scholz in seinem Impulsreferat mit dem »Polizentrismus« und der »schöpferischen Innovationskraft« abmüht und gegen den murmelden, völlig gegenläufigen Saal ankämpft wie gegen einen Wasserrohrbruch.

Ich habe jetzt wirklich Panik.

Panik, dass es auf Bundesebene ähnlich aussehen könnte und es einem vielleicht nur noch nicht aufgefallen ist. Panik, dass alle Parteitage so sind; dass es bei der SPD genauso zugeht wie bei der CDU, der FDP oder sogar den Grünen und dass man seine gesellschaftliche Verantwortung in die Gestaltungskraft von Parteien delegiert hat, in denen nichts mehr nachgewachsen ist an Energie, Lebendigkeit, Phantasie und Wachheit, außer fürs Steuerrecht. Und in denen die Alten zu Hunderten wegsterben oder sich mit Kräuterbonbons und Senf auf grausamen Krawatten beschäftigen.

Den Konflikt, den es in dieser Landespartei als Form von Lebendigkeit geben soll, konnte man nur ahnen. Die Antragskommission »Wir bringen das Neue Berlin voran«, zusammengesetzt aus zwei Antragstellern, die auch für eine Stärkung der einzelnen Mitglieder plädierten, konnte sich gegen die Bademeister der Partei nicht durchsetzen.

In dieser CDU wird nicht vom Beckenrand gesprungen. Immer dann, wenn es im Antrag um den Widerspruch zwischen »Kiez« und »Hauptstadtpolitik« ging oder bei Prof. Scholz um das »Metropolitane und Multitkulturelle an sich«, immer dann sah der Landesvorsitzende angestrengt lächelnd auf den Tisch.

Das einzig Metropolitane oder Multikulturelle, das er, sein Präsidium und diese gesamte Veranstaltung vereinen konnten, waren die pseudochinesischen Deckenlampen des Palace-Hotels. Und was irgendwie annähernd nach Veränderung aussah, war ein Baugerüst, das außen am Sitzungssaal angebracht war. Man konnte eine Leiter sehen, die einfach dastand.

Ich habe lange diese Leiter angeschaut. Dass man sich in einem Raum mit dreihundert Menschen so sehr nach einer Leiter sehnt, die ja eigentlich nur ein paar Stufen nach oben führt – das ist nicht gut für Berlin und Deutschland.

10 Der Walter-Scheel-Pokal

Für Joschka Fischer

»Ich bin allein inmitten dieser, die ich verachte,
und die Konversation mit ihnen ist eine läppische,
dass ich stets Migräne bekomme.
Ich weine oftmals über die Ruhmsucht,
die mich hierher geführt hat, und über
den Ehrgeiz, der mich hier festhält.«
Madame Pompadour, die Mätresse von Ludwig XV.

Flughafen Köln-Bonn, Flugsteig 5.

Ein Mann sitzt abseits, nahe der Toiletten, und vergräbt sich hinter der Sonntagszeitung. Man sieht nur seine blaue Anzughose mit Bügelfalte, die Manschettenknöpfe und zwei Hände, die Zeitung haltend mit der Schlagzeile »Aufschwung erst im nächsten Jahr!«.

Später, als der Mann die Zeitung senkt, um zur nächsten zu greifen, sieht man das Gesicht von Klaus Kinkel, Bundesaußenminister a. D.

Neben ihm liegen bereits mehrere Zeitungen, die er alle durchgearbeitet hat. Er legt sie aber nicht, wie es der Bügelfalte seiner Hose entspräche, ordentlich zusammengefaltet ab, sondern wirft sie lieblos auf den Nebensitz, sodass der Zeitungsberg wächst und wächst und bald schon auf Kinkels Brusthöhe ist. Er greift zur Beilage »Geld & Mehr«, pflückt sie auseinander, wirft sie auf den Haufen, dasselbe mit »Motor & Immobilien«, »Reise & Genuss«, dann knüllt er noch »Kultur & Stil« obendrauf.

Es ist ein sehr sonderbarer Anblick: Kinkel – der ehemalige Außenminister und Stellvertreter des Bundeskanzlers –, wie er da so neben der totalen Unordnung sitzt mit seiner akkuraten Brille, fast wie ein Kind, das trotzt und sagt: »Ich räume heute nicht auf!«

Die Putzfrau aus Köln/Bonn wird auf jeden Fall ihre Arme schon sehr weit ausbreiten müssen, um diesen Wust fassen zu können, zumal Kinkel auch noch seinen Koffer öffnet und einen Stapel Faxblätter & Kopien oben auf den Haufen kippt.

Dann greift er zu einer letzten Zeitungsseite und liest: »Das neue Leben Bill Clintons«. Das Foto neben dem Artikel zeigt den Ex-Präsidenten mit dem Ex-Model Naomi Campbell. Es wird berichtet, wie Clinton jetzt durch die Welt reist, 200 Vorträge hält und dafür pro Auftritt in Paris, London, Tokio oder Rio bis zu 300 000 Dollar erhält.

Kinkel sitzt ganz still da und liest, der Flug nach Berlin-Tegel ist schon längst aufgerufen, Kinkel sitzt aber immer noch da mit dem neuen Leben von Bill Clinton, bewegungslos.

Später habe ich auf Kinkels Internetseite gelesen, dass er, also Kinkel, nicht Clinton, in ein paar Tagen im FDP-Kreisverband Hornbach im Kosterhotel über »Innere Sicherheit« diskutiert, zusammen mit dem Polizeipräsidenten der Westpfalz, dem Oberstaatsanwalt von Zweibrücken und dem FDP-Stadtverbandsvorsitzenden von Zweibrücken.

Kurz vorher war Kinkel im Paul-Löbe-Haus am Info-Counter gewesen, wo die FDP warb mit dem Gewinnspiel »Steuern runter & Wirtschaft rauf«. Und dann gibt's den Hinweis, dass Kinkel in seiner Funktion als sportpolitischer Sprecher der FDP immer am »Liberalen Golfturnier« in Fleesensee um den »Walter-Scheel-Pokal« teilnimmt.

Als ich schließlich lese, dass Kinkel in einem seiner letzten Interviews, geführt mit der »Jüdischen Allgemeinen«, immer nur zu Westerwelle und Möllemann gefragt wird, nie aber zu

Kinkel, muss ich wieder an diesen bewegungslosen Mann am Flughafen denken: wie er da so sitzt neben einem trotzigen Berg aufgewühlter Zeitungen, in denen nicht eine einzige Zeile mehr über ihn steht.

Wie das wohl ist, so ein politisches Leben, in dem man ohne Amt plötzlich nichts mehr ist und eins, zwei, drei in der Versenkung verschwindet – wenn man nicht gerade Clinton heißt, sondern Höppner, zum Beispiel, oder Diepgen?

Schon an Helmut Kohl, diesem einstigen Giganten, kann man ja sehen, was übrig bleibt: etwas plötzlich Gegenwartsloses. Und wenn wir Kohl heute vergessen haben, was so scheint, haben dann Diepgen oder Höppner je existiert?

Irgendwann, als Klaus Kinkel dann aufsprang und die Clinton-Seite auch auf den Berg knüllte, um in den Bus zum Flugzeug zu steigen, steckte ich mir schnell seine zurückgelassenen Faxe ein.

Ein paar Analysen über die Telekom und einen Entwurf Kinkels zur »Bewegungserziehung im Vorschulalter« unter dem Titel »Bewegte Kindheit«, was ich persönlich sehr richtig finde, da Kinkel, von der PISA-Studie ausgehend, »Bewegung als Grundstein für Lernfähigkeit« wertet.

Im Bus wollte ich dann eigentlich freundlich »Guten Tag, Herr Kinkel« sagen, aber plötzlich ging das nicht mehr.

Ich weiß, es ist vielleicht albern, aber man spricht nicht einfach amtslose Menschen im Bus an, wenn die Weltpolitik sie gerade überholt. Früher hat Kinkel mit Arafat in Gaza-City Debatten über den Nahostkonflikt geführt, jetzt arbeitet er in Köln/Bonn an der Bewegungserziehung von Kleinkindern – oder kommentiert höflich Möllemanns Leben, nachdem dieser, auch ohne wirkliches Amt, aus einem Flugzeug in den Tod gesprungen war.

Und was hätte ich denn auch sagen sollen: Lieber Herr Kinkel, ich wünsche Ihnen viel Glück für den Walter-Scheel-Pokal?

11 In der Habichtswaldklinik

In der Dramaturgie des Hamburger Thalia Theaters. Wir berieten das Thema für ein neues Stück. Der eine Dramaturg, der auch Autor ist, war heute früh in Reutlingen, wo er am Vorabend aus seinem Buch gelesen hatte, um 6 Uhr in den Zug gesprungen, um nun um 12 Uhr wieder in Hamburg zu sein. Allerdings musste er um 14 Uhr bereits auf den nächsten Zug nach Fulda, wo er am Abend wieder lesen sollte. Gerade klärte er mit Reutlingen die Reisekostenabrechnung per Handy und synchron mit Fulda die nächste Anreise per Festnetz.

Der andere Dramaturg lag mit einem Ohr auf dem Boden, weil er in Seitenlage einen Brei aus einem Topf gegen seine Magenschleimhautentzündung einnehmen musste, die er auf Zeitmangel und seinen unvollendeten Gorki-Essay zurückführte, der am nächsten Tag in Druck müsse und außer Gorkis Geburts- und Todesdatum noch nichts enthalte.

Die andere Dramaturgin starrte bewegungslos aus dem Fenster, ihr Freund und sie hatten am Morgen beschlossen, dass sie sich wegen ihrer Jobs auseinander gelebt hätten.

Dann ging die Tür auf, und der Intendant kam herein und sagte, es tue ihm Leid, er habe heute 27 Termine, er wisse auch nicht, was das soll. Dann schaute er noch einmal kurz in den Topf mit dem Brei und ging.

Ich fuhr wieder nach Hause und beschloss, ein Stück über das Thema Arbeit zu schreiben.

Als Erstes rief ich in Hamburg bei einer Stelle für Suchtberatung an. Ich fragte, ob es so etwas wie eine Aktionssucht gebe, also eine Sucht, die die Arbeit wie einen Fetisch feiere, aber sie eigentlich durch das Zuviel letztendlich absurderweise verhindere, sodass am Ende nur noch der Aktionismus übrig bleibe als kritische Daseinsform.

Ja, so etwas gebe es, hieß es, allerdings fasse man das noch unter »Arbeitssucht« zusammen.

»Wollen Sie sich denn in eine Klinik für Arbeitssüchtige einliefern lassen?«

Als ob ich es geahnt hätte. Es gibt Kliniken für Arbeitssüchtige!

Ich habe mir sofort Fachliteratur besorgt und bin mit der Habilitation »Ist Arbeitssucht ein Segen für das Unternehmen?« nach Hessen in die Habichtswaldklinik gefahren. Wenn ich schon im Theater in einer Dramaturgie sitze, wo die Menschen mit Brei auf dem Boden liegen, dann kann ich auch gleich in die Klinik gehen.

Als ich mich durch die Parkanlagen auf die Habichtswaldklinik zubewegte, sah ich einen Mann auf einer Bank mit einem viereckigen Turnbeutel, den er verstohlen öffnete und schnell wieder schloss, als er mich bemerkte.

Im Therapiezentrum eingetroffen, zeigte man mir durch eine Glasscheibe einen Pfarrer, der angeblich in seiner Gemeinde, zu Hause und nachts im Bett nicht mehr aufhören konnte zu predigen. Man berichtete von einer Putzfrau, die, bevor sie kam, kein Fenster und keine Fliese mehr ohne anschließende Putzbewegungen angucken konnte; vom Kapitän, der sich weigerte, Land zu betreten, und selbst noch im Habichtswald innerlich auf dem Atlantik und der Schiffsbrücke stand; vom Chemiker, Arzt, Bäcker, Malermeister, Metzger …

Man dürfe nicht glauben, sagte ein Therapeut, der sich selbst als arbeitssüchtig bezeichnete, dass die Arbeitssucht da draußen nur Menschen befalle, die dem Ruhm, der großen Politik oder dem Gelde nachjagen würden, nein, es könne jeden treffen. Und in Japan sei der Tod durch Überarbeitung, »Karoshi« genannt, sogar eine gewöhnliche Todesart.

Die Patienten, sagte der Therapeut – der sehr wenig Zeit hatte und ein bisschen aussah wie der kleine Bruder von Albert Einstein –, die Patienten führten da draußen, bis sie hierher kamen, jene berüchtigten Listen, die man Tag für Tag abarbeitet, »Sie sehen doch auch so aus, als führen Sie diese Listen?«

»Na ja«, sagte ich, aber der Therapeut sprach schon mit der Türklinke in der Hand einfach weiter. Das Schlimme an diesen Listen sei, dass diese Listen immer noch genauso lang wären, wenn der Patient plötzlich schlagartig tot umfiele, und so käme die Liste eines Süchtigen dem Fass ohne Boden gleich, wohingegen der Süchtige ohne diese Liste vor einem Leben voller Leere stehe. »Auf Wiedersehen.« Dann war er weg.

Als ich nach Beendigung des schnellen Interviews wieder durch den Park aus der Klinik ging, sah ich jenen zarten Mann mit seinem Turnbeutel hinter einem Rhododendron stehen. Er hatte das Viereck aus dem Beutel herausgeholt und in einem Ordner zu blättern begonnen, ab und an drehte er sich um und sah vorsichtig durch die Zweige auf die Parkanlage.

Mir fiel eine Passage ein aus dem Fachbuch »Ist Arbeitssucht ein Segen für das Unternehmen?«, in der von einem Mann berichtet wird, dem verboten wurde, in seinem Unternehmen zu arbeiten, und der daraufhin begann, verwelkte Blätter aus Ziersträuchern zu pflücken, erst hier und da am Wegesrand, dann immer zielgerichteter in Parkanlagen. Irgendwann pflanzte er in seinem Garten 600 solcher Ziersträucher und stand bald jede Nacht da im Bademantel, Blätter zupfend. Was für ein Bild.

Ich musste jetzt an die Drohung des Soziologen Jeremy Rifkin denken, an sein beschworenes »Ende der Arbeit«. Was wohl mit einer Gesellschaft geschieht, in der einerseits die

Menschen nur noch gelernt haben, ihren Wert durch Arbeit zu definieren, es aber andererseits keine Arbeit mehr gibt?

Wie viele Menschen kennen wir, die, wenn wir sie fragen, wie es ihnen geht, antworten, was sie gerade arbeiten? Und was werden die dann, wenn wir bei Rifkin ganz angekommen sind, erzählen?

Es wird nichts Groteskeres und Trostloseres geben als eine Gesellschaft voller arbeitssüchtiger Arbeitsloser.

Ich habe mir oft den Dramaturgen vorgestellt, wie er in dem längst geschlossenen Theater immer noch seitlich auf dem Boden liegt, seinen Brei isst, aber kein Mensch mehr da ist, der seinen Gorki-Essay drucken kann.

Oder meinen begabten Kollegen, wie er in Fulda in einem leeren Lesesaal sitzt und überlegt, wo er denn morgen zum Lesen hinfahren könnte.

12 Ach, Zatopek

Wenn ich einen Spielfilm über unsere Leistungsgesellschaft drehen müsste, ich würde Doping als Boten der Gentechnik betrachten und vermischen mit dem therapeutischen Klonen. Und dann würde ich keine Schauspieler auftreten lassen, sondern Goldmedaillen.

Alle Medaillen, die jemals olympisch errungen wurden, würden in dem Film eines Nachts aus den Trophäenschränken ihrer Besitzer ausbrechen und dann in einem irrsinnigen Tempo auf den Straßen und Autobahnen der Welt dahinrollen zum Ort der ersten nächtlichen Vollversammlung.

Zuerst würde die alte Goldmedaille von Heide Rosendahl ans Rednerpult rollen und, wie früher Rita Süssmuth, sagen: »Ich eröffne die Sitzung.«

Und dann würde die Medaille von Emil Zatopek ans Pult rollen zur Eröffnungsrede:

»Freunde! Lange ist es her, dass wir an den Hälsen der Griechen reinen Gewissens glänzten, aber nun frage ich euch: Können wir die zwei Medaillen dort in unseren Reihen dulden? Sie sind Geschöpfe des deutschen Langläufers Johann Mühlegg!«

»Hör auf!«, würden plötzlich die Mühlegg-Medaillen dazwischenbrüllen, angestachelt und gepuscht von der Sprintmedaille von Ben Johnson und Kostas Kenteris, »ihr habt doch damals auch alle, das weiß ich, leg dein Mandat nieder, Zatopek!«

»Was fällt dir ein, du verlogenes Stück Blech?!«, würde Zatopek zurückschreien, und die Rosendahl-Medaille »Ruhe!

Ruhe!« rufen und wie Süssmuth mit dem Hammer aufs Pult hauen, aber dann käme schon die Medaille von Mark Spitz majestätisch nach vorne gerollt.

»Präsidentin Rosendahl, Freunde! Ja, lange ist's her, dass wir an den Hälsen der Griechen reinen Gewissens glänzten, aber nun ist die Nacht der Wahrheit gekommen. Ich bin geklont! Und da unten sehe ich das Edelmetall von Carl Lewis, auch geklont! Roll her, Lewis, wenn du ein Mann bist, und sag es! Ach, Zatopek, ach, Kollegen: Was ihr vor euch seht, ist reinstes Anabolikum. Unsere Väter haben uns künstlich erzeugt. Künstlich, alles künstlich, wir sind kein echtes, wahres Metall, warum merkt das denn keine Sau?!«

»Skandal!! Ist hier noch jemand kein wahres Metall, sondern verklebtes altes Anabolikum, mit Goldlack angestrichen?!«, kreischt Heide Rosendahl, und plötzlich würden 5000 Medaillen versuchen, heimlich aus dem Raum zu rollen.

»Du bleibst hier, Rosi! Sie auch, Frau Otto!«, ruft Spitz, und dann rollen Rosi Mittermaier und Kristin Otto reumütig zurück, Baumann auch, Krabbe, Steffi Graf, Kati Witt, Muhammad Ali, Josef Neckermann inklusive aller Goldmedaillen, die je vergeben wurden.

»Nanu«, würde Mark Spitz rufen, »was macht denn da das Bundesverdienstkreuz von Helmut Kohl zwischen uns??«

Und dann würde das Verdienstkreuz von Kohl aufstehen und sagen: »Sorry, aber mein Chef war sogar 16 Jahre gedopt. Nennt mich Kreuz, lasst das *Verdienst* einfach weg.«

Und dann würden Mark Spitz und das Kreuz eine große Rede über unsere Gesellschaft halten, in welcher der Sport der Vorbote ist, was die Perfektionierung des Menschen durch den Menschen betrifft.

Das Kreuz von Kohl würde die Leistungsgesellschaft und den Kapitalismus in Grund und Boden reden, weil es nun endlich verstanden habe, dass eine Gesellschaft, die nur Spitzenleistung vergöttert, schwerlich Bedenken hat, wenn man ihr sagt, wie man mit allen Mitteln Leistung steigert.

Dann würde das Kreuz von Kohl die weinenden Medaillen von Johann Mühlegg umarmen.

Und plötzlich würde die Tür aufgehen und ein Reifen von Michael Schumachers Ferrari reinrollen. Er würde zum Rednerpult kullern und sagen:

»Hallo. Ich will auch bei euch sein.«

13 Die Medienmenschen

In der Regel ist es ja so, dass der Mensch riecht. Und dass Menschen sich riechen. Unser Riechfeld, das sich in der Nasenhöhle befindet und 1,5 Millionen Riechzellen besitzt, riecht beim Menschen Folgendes: Wasserdampf, Kohlendioxid, flüchtige Gerüche durch Haut und Talgdrüsen.

Grundsätzlich, so sagt man, riecht der Mensch nach einem Zusammenspiel von Dampf, Drüsen, Deos und Textil, nur eben der Bundeskanzler nicht.

Neulich war ich nämlich im Bundeskanzleramt bei einer Lesung, saß in unmittelbarer Nähe des Bundeskanzlers auf einem Sitzkissen, und Christa Wolf las einen Text, den ich schon kannte, sodass ich anfing, am Kanzler zu riechen.

Ich gebe zu, ich hatte schon vorher bei den »November«-Sonetten von Günter Grass damit angefangen. Einmal, bei einer Pointe von Günter Grass, beugte sich der Kanzler mit einem Ruck lachend vor, und ich hielt meine Nase in den Windzug, doch ich roch nichts. Dann wartete ich auf eine weitere Pointe von Grass, um mich vielleicht meinerseits vor Lachen in Richtung des Kanzlers zu beugen, um noch einmal zu riechen, aber es kam keine Pointe mehr.

Bei der Lesung von Christa Wolf gab es überhaupt keine Pointen, sodass ich Rückenschmerzen vortäuschte und Dehnübungen machte. So stieß ich einmal fast mit der Nase gegen den Kanzler, doch wieder nichts. Kein Dampf, keine Drüsen, keine Deos.

Mittlerweile überlege ich, ob einer, den man Medienkanzler nennt, in Wirklichkeit überhaupt echt ist? Also, ob meine Sinneswahrnehmung in dem Moment streikt, wo das ansonsten tägliche künstliche Bild behauptet, wirklich zu sein?

»Ich glaube«, habe ich einem Freund erklärt, »ich glaube, unser Kanzler ist in Wirklichkeit eine Attrappe. Was sagst du dazu?«

»Quatsch!«, sagte er, »wie soll denn eine Attrappe an der richtigen Stelle bei Günter Grass lachen? Die kann auch nicht im Bundestag über Stammzellenimport abstimmen oder die NATO kritisieren!«

»Ich weiß, dass eine Attrappe nicht über Stammzellenimport abstimmen kann, so weit sind wir ja Gott sei Dank noch nicht, aber trotzdem, es gibt keinen Wasserdampf, kein Kohlendioxid und keine Drüsen beim Kanzler, das ist so bei Medienmenschen! Und außerdem sah er ja auch noch von der Seite so länglich aus, so als ob ich verkehrt herum in ein Fernglas gucke. Ist doch merkwürdig, oder?«

»Du hättest dich beim Riechen irgendwie bis runter zu seinen Schuhen beugen müssen!«

Nein! Die Schuhe, schwarze Budapester mit kleinen Lochmustern, hatte ich am Tag der Lesung sage und schreibe dreimal in Nahaufnahme in den Zeitungen gesehen, am deutlichsten im »Tagesspiegel«: Der Kanzler mit den Radfahrern vom Team Telekom, also, die Beine vom Kanzler neben den Beinen von Jan Ullrich, Erik Zabel & Co.

Auch Schuhe, die man so oft abgebildet gesehen hat, haben ihre außermediale Existenz verloren und riechen deshalb nicht mehr, da brauche ich mich gar nicht mehr zu bücken, dies ist ab heute meine These über die Mediengesellschaft, basta! Erst wenn Angela Merkel kommt, dann riechen Schröders Schuhe irgendwann mal wieder.

Auf der After-Show-Party habe ich die 9-jährige Enkelin von Günter Grass kennen gelernt. Sie hatte die ganze Zeit bei den Sonetten ihres Großvaters zugehört und auch bei den

Wolf-Texten durchgehalten. Als ich sie fragte, was man denn noch hätte lesen können, sagte sie: »Opa und danach Ronja Räubertochter!«

Außerdem roch sie nach Jasmin und Apfelshampoo.

14 Das deutsche Anti-Terror-Paket

Ich war vor einer Woche mit Otto Schily im Kino. Also, Schily saß zufällig zwei Sitze neben mir mit seiner jüngsten Tochter. Wir sahen den jüdischen Film »Der Zug des Lebens«.

Nach dem Film schoss Schily aus seinem Sitz, lief gegen mein Knie und stand mindestens zehn Sekunden ununterbrochen auf meinem Wildleder-Turnschuh. »Kann man hier mal durch!?«, rief Schily.

»Sehr gern, Herr Schily«, sagte ich, »aber Sie stehen auf meinem Schuh.«

»Keine Privatunterhaltung!«, rief der Minister und eilte mit seiner Tochter aus dem Kino.

Auf Wildleder sieht man Fremdspuren oft noch sehr lange. Ich habe mir meine Wildleder-Turnschuhe trotzdem nicht aufgebürstet, weil ich dachte: Na ja, das Muster von Schilys Sohle auf meinem Schuh, das ist doch was.

Gestern habe ich sie hervorgeholt und eine Gänsehaut bekommen. Schilys Abdruck immer noch auf meinem linken Turnschuh! Das Wildleder war mittlerweile irgendwie heller geworden und damit der Abdruck noch deutlicher. Fünf dicke schwarze Striche einfach quer über der Spitze, mein Turnschuh wurde geradezu dominiert von diesen fiesen Linien, ich würde sagen: Strichrastern.

Sofort schoss mir das bundesdeutsche »Anti-Terror-Paket« in den Kopf. Vorher hatte mich die Sicherheitsdebatte nicht so tangiert, aber jetzt, wo ich auf meinen armen linken Schuh sah, wusste ich, ich bin gegen jegliche Abdrücke im »Anti-Terror-Paket«.

Die Pläne zur »biometrischen Identitätssicherung« werden ja immer monströser. Erst der Fingerabdruck und nun wird gerade die »Iriserkennung« diskutiert. Mit einer Kamera soll unsere Iris allen Ernstes in einen 256 Byte langen Code verwandelt und auf einem Mikrochip gespeichert werden. Das muss man sich mal vorstellen. Und wenn dann 75 Millionen Deutsche zur Iriserkennung schreiten!

Ich bin wirklich für jede überlegte Bekämpfung des Terrors, aber das geht zu weit. Die Amerikaner und die Engländer haben nicht mal Personalausweise, aber wir sollen zur Iriserkennung! Schily überlegt auch, ob unser Gesicht vermessen und in digitale Signale umgewandelt wird! Die sollen lieber mal Schutzkonstruktionen über die Atomkraftwerke bauen!

Neulich hat ein Mann erklärt, er habe sich auf einem innerdeutschen Flug mit seinem Schweizer Taschenmesser einfach eine Birne geschält!

Und ein älterer Herr, stand in einer Meldung, habe statt seines Rasierapparates aus Versehen seine Browning-Pistole eingepackt und die dann auf 10 000 Fuß selbst ganz erschrocken der Stewardess überreicht, ich meine, was ist denn da los auf unseren Flughäfen?

Zurück zu meinem linken Turnschuh.

Heute nun hat jemand gesagt, dass es durchaus sein könne, dass mein Turnschuh biometrische oder genetische Merkmale von Otto Schily enthalte, vorausgesetzt, Schily habe Schweißbildung im Fußbereich, wie ja viele Menschen in der Beamtenlaufbahn. Und wenn dies zuträfe, dann könne ich in Laboruntersuchungen meines Schuhs herausfinden, ob Otto Schily wirklich Otto Schily ist. Ich halte das für übertrieben, aber viele Menschen in diesem Land fragen sich ja: Wie kann ein Mann, der gestern noch RAF-Strafverteidiger war, plötzlich all das wollen?

Gestern bin ich wie Joschka Fischer Joggen gegangen, und

zwar mit den Schily-Schuhen. Ich hab den linken mit dem fiesen Abdruck einfach rechts angezogen. Ich dachte, das passt jetzt besser.

PS: Gesichtserkennung bringt übrigens gar nichts. Es gibt doch die Geschichte, wie Claudia Schiffer völlig übernächtigt und ungeschminkt vor einem neuartigen Geldautomaten mit Gesichtserkennung stand, und am nächsten Tag war bei Uschi Glas das Konto leer.

15 Wie the Chief Editor of the Schwäbisches Tagblatt um ein Haar den 3. Weltkrieg in Tübingen auslöste

In Liechtenstein lernte ich den Kritiker Müller aus Tübingen kennen. Müller verblüffte mich sofort. Er berichtete vom letzten Auftritt des Schauspielers Wildgruber im Landestheater Tübingen. Wildgruber – schwärmte Müller mit so zärtlicher Stimme – sei ein Genie gewesen, und dann demonstrierte Müller aus dem Stegreif Wildgrubers Interpretation von Goethes »Westöstlicher Divan«.

Müller memorierte, er extemporierte, er brillierte und berichtete dann noch von einem weiteren Ereignis, welches er auch in Tübingen gesehen hatte und welches er nicht minder schön vor meinem geistigen Auge entstehen ließ. Es trug den Titel »Es ist eine Ruh am Rande der Schöpfung«. Ich solle unbedingt nach Tübingen fahren und es mir ansehen, er könne mich auch gleich aus Liechtenstein mit seinem Wagen mitnehmen.

Jahre später sitz' ich beim Frühstück und höre, dass die Bundesjustizministerin den US-Präsidenten mit Hitler verglichen haben soll. Dann sagt die Radiostimme: »Wir schalten nun nach Tübingen«, und ich denk' noch »Ach, Tübingen, wie's wohl dem Müller geht?«, aber schon höre ich Müllers Stimme: »Die Ministerin lügt schamlos!! Ich sehe keinerlei Grund, unseren Bericht zurückzunehmen, und werde den Bush-Hitler-Vergleich auch gegenüber Washington vertreten!«

Mir fällt der Eierlöffel aus der Hand. Es ist eindeutig MÜLLERS Stimme, unverkennbar, ich höre seit Jahren innerlich immer wieder die Melodie des »Westöstlichen Divans« von Goethe in der Wildgruber-Intonation von Müller, und jetzt peitscht seine Stimme plötzlich »BUSH-HITLER« aus meinem Radio!

Ich hab' sofort den Fernseher angemacht, Internet, überall Müller!

»Müller, the chief editor of the Schwaebisches Tagblatt, said Friday he stood by the remarks as reported ...« (NEW YORK TIMES)

»Tubinga: Müller, redattore della notizia controversa, ha confermato!« (LA REPUBLICCA)

»Müller sagde bagafter Bush og Hitler i to sammenhaengende ...« (DAILY TELEGRAPH) Irre!

Manchmal habe ich mich gefragt, ob das eigentlich alles noch Sinn macht. Schriftstellerei? Das Anklagen der Gesellschaft in Betrachtungen, Dramen und Metaphern? Was bringt es denn? Was ändert sich? Und wie kann man denn mal ganz konkret eingreifen ins große Weltgefüge? Müller erschien mir in Liechtenstein als ein Mensch für kleinste Minderheiten, für Wildgruber-Fans wie mich, für Freunde solch bizarrer Titel wie »Es ist eine Ruh am Rande der Schöpfung«. Aber dass dann Müller fast die Bundestagswahl entschieden hat?

Die Ministerin ist mittlerweile zurückgetreten, der Außenminister mit Blumen auf dem Weg zum amerikanischen Präsidenten, der uns wahrscheinlich übermorgen zur »Achse des Bösen« rechnen wird. Und alles wegen Müller!

»Müller, Theaterkritiker, nebenher Chief Editor of the Schwäbisches Tagblatt, liebte die Wahrheit und löste in Tübingen den 3. Weltkrieg aus!«

Ich weiß noch nicht so recht, ob Müller nur die Wahrheit liebte, genauso wenig weiß ich, ob die Praktikantin Monica Lewinsky auch nur die Wahrheit liebte, bevor sie die innenpolitische Krise der Vereinigten Staaten auslöste, nachdem sie den Ex-Präsidenten oral befriedigt hatte. Natürlich darf man genauso wenig Müller mit Lewinsky vergleichen wie Bush mit Hitler oder Goethe mit der Ex-Justizministerin, aber deutlich ist doch jetzt eines geworden: Weltpolitik ist nichts, was als weit Entferntes über uns schwebt, sondern es kann immer etwas von ganz unten nach ganz oben schießen. Vom Rande also mitten in die Schöpfung. Da braucht nur jemand in Washington eine Hose zu öffnen oder in Tübingen das Genre zu wechseln.

16 Schule in 100 Jahren!

An den Petersberg-Konferenzen um die Jahrtausendwende nahmen teil: die Tadschiken, die Turkmenen, die Usbeken, die Hazara und die Paschtunen.

1. Ordnen Sie die Teilnehmer und deren Interessen in Gruppen.

2. Erklären Sie, warum dann doch am Ende die Amerikaner Afghanistan kolonialisierten, nachdem zwei Flugzeuge in amerikanische Wolkenkratzer geflogen waren.

3. Mit wessen Hilfe?

A: Turandot?	B: Thüringen?
C: Thyssen?	D: Taliban?

Wie das wohl sein wird, wenn in 100 Jahren die Schüler in den Schulen sitzen – falls wir um 2100 noch Schulen oder Schüler haben werden –, und wie die dann in »Geschichte« die Petersberg-Konferenzen durchnehmen, so wie ich die Jalta-Konferenz von 1945 durchnehmen musste?

Vielleicht wird man auch im Leistungskurs (LK) »Fundamentale Widersprüche der US-Außenpolitik« über Folgendes sprechen: Aufrüstung der Taliban, Kampf gegen die Taliban, Aufrüstung der Nordallianz, Kampf gegen die Nordallianz, dann wieder Aufrüstung der Taliban – und ab und zu wird ein Schüler aufstehen und sagen: »Herr Lehrer, ich versteh' das nicht?!«, und dann kriegt er eine Eins, falls der Lehrer noch ein Basis-Grüner ist, also falls es die Grünen, mit oder ohne Basis, dann überhaupt noch gibt.

Besonders an den Kopf fassen werden sich die Schüler bestimmt in diesem LK: »Wie der radikale Islamismus letzten Endes doch noch die Globalisierung mit ihren eigenen Mitteln schlug!«, da müssen sie auch zum besseren Verständnis die alten Schriften von Peter Scholl-Latour im Original lesen oder in »Deutsch« die Apokalypse in Versen von Durs Grünbein, schließlich haben wir uns auch durch Tacitus oder Seneca gequält.

Super ist auch der Bio-LK.

1. Wer gab den früheren Menschen, nachdem ihnen die Globalisierung um die Ohren geflogen war, auch noch auf biologisch-evolutionärem Sektor den Rest:

A: Die eigenen Kinder? B: Die ewigen Schinder?
C: Die fremden Inder? D: Die ganzen Rinder?

Die richtige Antwort ist natürlich wie schon bei Taliban D, weil die Menschen um die Jahrtausendwende plötzlich mit einem Schlag BSE (Bovine Spongiforme Enzephalopathie) verdrängten, vergaßen, aber trotzdem aßen, und das hatten sie nun davon: schwammartige Erkrankungen aller Gehirne! »Plötzlich war'n sie doppelt blöd.« (Haha, fieser Schülerwitz)

Sehr lachen werden sie auch im Kunst-LK, weil die Deutschen auf den alten Gemälden jetzt irgendwie alle so idiotisch aussahen, da es nämlich der Sozialdemokrat Otto Schily 2006 tatsächlich per »Law and Order« geschafft hatte, die Personalausweise gleich in die Stirn der Menschen zu implantieren.

Es kam noch schlimmer.

Die CDU hatte zwar für die Bundestagswahl 2030 endlich eine überzeugende geklonte K-Lösung (Kanzlerkandidat) parat, aber das alte Wettbewerbs- und Benotungssystem von 1 bis 6 in der Schule funktionierte nicht mehr, da die Schüler seit der 2001 vom Ethikrat verabschiedeten und dann radikal weiterentwickelten Praxis des »Therapeutischen Klonens« schon genialerweise ab dem Embryonalzustand ALLES genetisch intus hatten: die Petersberg-Konferenzen, die Globalisierung, die US-Außenpolitik inklusive Islam, Scholl-Latour und Harry Potter. Dies brachte nun andere Probleme mit sich, weil ja jetzt sowieso alle eine 1 plus bekamen, sodass man am Ende andere Mittel einsetzen musste, um herauszufinden, wer der Beste war.

Leider vernichteten sich dabei viele gegenseitig, genauso wie zuvor ihre ungeklonten Vorgänger. Schade, schade.

Man sagte früher Kollateralschaden.

17 See you in Syria, Iran and everywhere with the videobeamer! Krieg gucken im Fernsehen

Vom Bösen befreit sind Datteln und Öl.
(Für George W. Bush nach Johann Wolfgang von Goethe. Zu Ostern)

6. März 2003.
Der deutsche Außenminister fliegt heute zum, ich glaube, 18. Mal kurz hintereinander nach New York, um an einer Sitzung zur »Resolution 1441« teilzunehmen und unser Veto gegen den Krieg zu bekräftigen, wir gehören zu den Vetomächten. Ich sehe ihn auf RTL gedankenvoll ins Flugzeug steigen.

Auf MTV sehe ich danach das irrsinnigste Interview der Tage: Tony Blair verwechselt, glaube ich, MTV mit Military-TV, sitzt umrahmt von Pop, Piercing sowie einer 17-jährigen Moderatorin und sagt: »Wenn es ein Veto eines der Vetomächte gibt oder ein Veto von Ländern, bei denen ich davon ausgehe, dass sie ihr Veto unvernünftig einsetzen, dann würde ich es trotz Veto tun.«

Ich will noch auf RTL dem Außenminister nachrufen, er soll aussteigen, der ganze Veto-Zirkus ist ein Hohn, er soll nach London fliegen und Tony Blair auf MTV die Zunge piercen.

12. März.
Die Wohnung in Hamburg-Harburg, in der Mohammed Atta wohnte, der eines der Flugzeuge in das World Trade Center lenkte, – diese Wohnung soll im Harburger Heimatmuseum für Archäologie ausgestellt werden. Steht heute in der Zeitung.

Man spricht allerdings nicht von Wohnung, sondern von »Terror-Zelle«. In der Wohngemeinschaft soll es auch einen Toaster gegeben haben, den man jetzt wortwörtlich im Kultursenat der Stadt Hamburg als »Terror-Toaster« bezeichnet. Der Wecker, den Atta benutzte, um aufzuwachen, wird als »Terror-Wecker« ausgestellt, obwohl er ja nur ein deutsches Plastikgehäuse ist, mit Batterie und Zeigern.

1. April.
Goya sah Napoleons Soldaten und zeichnete Albträume, ich sehe Pressekonferenzen und Richard Myers mit seinem Videobeamer.

Ich gucke bestimmt schon die 200. Pressekonferenz zum Irak-Krieg seit dem 20. März. Kameraeinstellung 1: Akkreditierte mit coffee, orange juice und Gratis-Kugelschreibern vom US-Pentagon. Kameraeinstellung 2: Richard Myers, der Generalstabschef mit Videobeamer, der uns notwendige, heilsame, und er hätte auch eigentlich sagen können, »human attacks of bombing« erläutert.

Heute Morgen kommt er mir vor wie früher mein anthroposophischer Mathematiklehrer, der die Vektor-Rechnung erläuterte und uns zu verstehen gab, während wir Müsliriegel essen durften, dass wir uns vor den Vektor-Rechnungen nicht fürchten müssten.

Es geht also um einen Vorgang, an dem wir erkennen sollen, wie human die Amerikaner Bomben werfen. Im Video von der Bombardierung einer Brücke tauchen plötzlich Iraker auf. Dann wird in den Film eine rote Linie hineingebeamt, um zu zeigen, dass nur wegen der Iraker die Flugbahn der Bombe geändert ist.

Dann Abschuss.

Die rote Linie erinnert mich auch an die Abseitslinie, die von der Ran-SAT-1-Fußballshow immer ins Bild gebeamt wird, wenn Ailton oder Roy Makaay im Abseits stehen.

Einen Tag später kann man auf Umwegen erfahren, dass ungefähr zeitgleich zu Myers' roter Linie circa 40 Zivilisten in einem eindeutigen Wohngebiet getötet wurden, wegen einer wohl ungeänderten Flugbahn.

Ernst Jünger hätte Myers' Gebeame auch gefallen. »Zuweilen huschten Bomber gleich Fledermäusen über die Dächer hin«, notierte er als Mitbesatzer in Paris.

»Das Schießen währte, auch als ich schon zu Bette lag, noch lang. Las ein Kapitel Samuel. Das Feuer war Zeitdecor dabei.«

Samuel lesen und früh zu Bette gehen, während andere schießen, erinnert eher an den amerikanischen Präsidenten, abgesehen vom Lesen, aber das »Feuer als Zeitdecor«, das ist absolut Pentagon-Stil.

Je mehr ich mir das Präsentieren und Gebeame ansehe, umso schöner und ästhetischer fliegen die präsentierten Bomben aus der geordneten Welt ins Böse zum Wohle anderer. Über die Folgen nach der Flugbahn erfahre ich erst mal weniger. Es scheint so, als flögen die Dinger aus der überinformierten Welt ins unterinformierte Nichts. Darum sitze ich ab der 50. Konferenz auch permanent verwirrter vorm Fernseher, weil ständige Überinformation nach Abwurf bei gleichzeitiger Unterinformation nach Einschlag zu einem wirklich merkwürdigen Gefühl von Krieg führt, zu so einem schönen über- und unterinformierenden Flugbahnen-Militarismus, mit erst fast humanen, dann immer seltsameren, unkonkreteren Vorstellungen von Krieg.

Jetzt müssten die Amerikaner nur noch ein Fernsehformat entwickeln für Folterungen, Ausbeutung und halbherzig installierte Demokratien und Chaos. (Schöner Foltern!)

4. April.
Warum haben wir nur noch eine Tagesmoral (Tageswerte) und gibt's das Wort Moral, wenn man es überhaupt noch benutzen kann, im Plural?

Es kommt einem vor, als rotierten die Stimmungen wie in einer Wäschetrommel: Mal ist die Pro-Amerika-Wäsche oben, dann unten, weil die Anti-Amerika-Wäsche grad mal oben ist. Momentan ist die Trommel ganz merkwürdig schief und dreht unsere Tageswäsche gleichzeitig nach links und rechts: der völkerrechtswidrige Krieg rotiert in die eine, Myers' humaner Videokrieg in die andere Richtung. Normalerweise müsste uns die Waschmaschine um die Ohren fliegen.

5. April.
Ich habe mir ein Quiz ausgedacht, ich selbst könnte es ohne Archive nicht lösen. Also, das Quiz.

Wie viele Menschen starben bei den Anschlägen des 11. September?

Wie viele auf Bali?

Wie viele durch Milzbrandanschläge, die wir sofort der Al Qaida zuschrieben?

Jetzt die Toten außerhalb unserer Achsen.

Ruanda? (80 000 oder 800 000?)

Wie viele im von Amerika unterstützten Giftgas-Krieg des Irak gegen den Iran und wie viele in der durch Amerika unterstützten Diktatur im Irak von 1985–89? (Ganz schwierige Frage.)

Wie viele in: Amerika mit den Mudschaheddin gegen die Sowjet-Besatzung?

Wie viele in: Amerika mit Taliban gegen Mudschaheddin und mit Mudschaheddin gegen Taliban?

Wie viele beim von Amerika unterstützten israelischen Einmarsch im Libanon? (Auf jeden Fall schon mal fünfstellig.)

Wie viele bei der US-Aktion »Operation Wüstensturm« plus anschließendem Embargo (Kinder ruhig mitzählen.)

Nun noch die Toten im von US-Regierungen unterstützten Staatsterrorismus richtig auflisten: Chile? Haiti? Nicaragua? Panama? El Salvador? Somalia usw.? Letzte Frage für Cracks: 23 Terrorgruppen stehen derzeit auf der Liste der US-Regierung. Mit wie vielen der 23 hat sie bereits erfolgreich zusammengearbeitet? (Man wird blass.)

Ich weiß, das Quiz nervt.

9. April.
Man sieht jubelnde Iraker, die amerikanischen Soldaten Blumen überreichen oder Saddam-Bilder mit ihren Schuhen schlagen. Bagdad ist befreit. Ein riesiges Saddam-Denkmal wird von US-Soldaten umgeworfen, sie sitzen in den ehemaligen Palästen des Diktators, auf verstaubten Edelsesseln, in einer Hand die MG, in der anderen die Zigarette, die Füße lässig auf dem Tisch.

Ich schalte schnell um und sehe Gott sei Dank wieder Bilder aus den Krankenhäusern Bagdads; verblutende Menschen, betretene Reporter. Was ist das für ein absurdes Unternehmen, sich aus einem viereckigen Kasten im Schlafzimmer morgens die Bilder rauszusuchen, die man braucht, um mit einem wieder geordneten Weltbild ins Badezimmer zu treten?

Ich verachte den Mann, der mit dem Schuh auf Saddam einprügelt, nicht weil er nicht absolut Recht hätte, sondern weil er dem amerikanischen Präsidenten einen schönen Videoabend beschert, der sitzt doch jetzt auf seinem Sofa in Texas und zieht sich das in Zeitlupe rein.

Ich schalte wieder hin und her zwischen Jubel und Tod, zwischen fallenden Denkmälern und verblutenden Menschen.

10. April.
An den Printmedien, die ja auch nur Fernsehen gucken, kann man schon sehr gut ablesen, wie die widersprüchlichen Bilder wirken. Einen Tag nach dem Jubel fallen bereits die Wörter

»Befreiung« und »militärischer Erfolg«; eine Zeitung kommentiert schon in etwas dummseliger Gewissheit: »Der Krieg gegen Saddam ist ein Erfolg. Die Bilder belegen es.« Die Bilder belegen es? Auf Seite zwei derselben Zeitung ist aber bezeichnenderweise noch ein Bericht dazwischengerutscht, der die Zustände in den Krankenhäusern anschaulich und erschütternd beschreibt, aber auf Seite eins wird bereits jede Kritik an dem militärischen Vorgehen eingestellt, weil es jetzt Jubel-Bilder gibt.

Worauf läuft das hinaus? Was schneide ich in den nächsten Tagen an den Rändern der widersprüchlichen Bilder ab, um einen eindeutigen Ausschnitt zu haben, mit dem ich wieder geordnet ins Badezimmer treten kann?

Ich leiste mir jetzt nochmal einen Treueschwur, bevor morgen alle Billigungshörner blasen.

Bush hat den Befehl gegeben, den Irak anzugreifen, weil er angeblich den Weltfrieden gefährdet und Massenvernichtungswaffen hat. Dann sind da Iraker mit Kalaschnikows und Taschenmessern wie Hühner herumgelaufen und wurden totgebombt inklusive Tausender, Zehn-Zwanzig-Dreißig-Tausender (???) Zivilisten und der Wasserversorgung. Dann wurden Kühlschränke und Computer geplündert, schon mal ein bisschen der US-Wertekanon des Raubkapitalismus angedeutet, während die US-Soldaten lieber aus Angst vor Attentaten auf Zivilisten schossen.

Richtig interessant wird es, glaube ich, wenn bald die Kameras ausgehen. In den alten Dramen gibt es immer noch den Übergang von der Gewalt in die neue politische Ordnung; bei den »Atriden« oder in »Hamlet«, da kann man den 5. Akt noch sehen.

Ja, es gibt nicht nur eine Vision von politischer Ordnung danach, sondern man kann sie sogar noch sehen! Nicht aber bei uns. Bei uns wird wahrscheinlich erst wieder zugeschaltet, wenn der erste demokratisch gewählte Präsident des Iraks erschossen wird.

18 Ermüdungsbrüche

Lange habe ich auf die Fotografien der verbogenen Eisenstangen geschaut, die früher einmal der Radreifen am deutschen Zug »Wilhelm Conrad Röntgen« waren, der dann in Eschede entgleiste und nun noch einmal im Saal des Landgerichts Hannover in Form einiger Eisenstangen auf dem Parkettboden liegt.

Um ihn herum Richter, Anwälte, Sachverständige. Die Vorträge, die im Gerichtssaal in Folge des schwersten Zugunglücks Deutschlands gehalten werden, lauten: »Analyse und Bewertung der Bruchentwicklung von Radreifen«; ein anderer Gutachter referiert über »Ermüdungsbrüche im Erscheinungsbild der Rad-Risse«; der nächste doziert über »Reifenspannungen an Radreifen bei verschiedenen Lastfällen und Geschwindigkeiten«.

Im Saal sitzen Zuschauer. Die meisten starren auf die Eisenstangen und man spürt förmlich in ihren Köpfen die weiteren Fragen. Zu welchen Erkenntnissen kämen wir wohl, wenn wir das dann mal auf alle Einzelteile unserer Züge ausweiteten?

Und nach der Bruchentwicklung aller Einzelteile, was käme dann, würden wir uns dann zum Beispiel mit der »Entwicklung und Bewertung von hessischen Tiefkühlsahnetorten« befassen, die jetzt ein Mädchen aß und danach starb? Einer Pockenimpfung, angeregt durch das deutsche Gesundheitsministerium, liegen Gutachten der Geheimdienste (»Pocken-Terror«) zugrunde beziehungsweise eindeutige, verbrecherische Verhaltensweisen der Al Qaida oder anderer Vereinigungen. Wie schütze ich mich aber vor Acrylamid in Frittierwaren, »Verschraubungen von Befestigungselementen an CH-53-Hubschraubern« (die gerade einfach so vom Himmel fallen) oder vor den Kühltechniken von hessischem Feingebäck sowie jener Bruchentwicklung in Lastfällen?

Das Thema Pockenimpfung löste in Deutschland eine absonderliche Sympathie mit den möglichen verbrecherischen Urhebern aus: Kann man sich denn gegen jenen grauenhaften Terror gar besser impfen lassen als gegen das restliche konsumistische Leben?

Nordkorea fährt atomare Brennstäbe durch Pjöngjang, das sind klare Ansagen, da kann man dann weltpolitische Maßnahmen treffen, aber warum muss ich das Vertrauen in den Restverstand von George W. Bush entwickeln und dann auch noch in mein Öko-Frühstücksei? Das Ei würde ich gerne abhaken, mir reichen Bush und Pjöngjang.

Das Mädchen in Hessen, das nach der Tiefkühltorte tot war, sei angeblich an Erbrochenem erstickt, aber wieso haben dann die Menschen in Niedersachsen und Sachsen-Anhalt, die auch diese Tiefkühltorten aßen, ebenfalls erbrochen? Ich bin kein Experte für mögliche Brechreize mit Todesfolgen nach tiefgefrorenem Feingebäck, aber irgendwas stimmt hier nicht.

Ein Sprecher der Verbraucherorganisation »foodwatch« hat gesagt, dass es im vergangenen Jahr die schlimmsten Lebensmittelskandale gab, aber die Strafverfolgungsbehörden alles andere als hart durchgreifen würden. Beispiel BSE. Man mag ja schon gar nicht mehr diesen müden Klassiker erwähnen, aber wo sind denn jetzt bitte die europaweiten Prozesse? Es ist schön, gegen Pocken und den Radikal-Fundamentalismus geimpft zu sein, aber was nützt es, wenn ich dann ein Öko-Ei esse?

Je länger man auf die Bilder der verbogenen Eisenstangen im Gerichtssaal von Hannover starrt, umso stärker werden die eigenen Ermüdungsbrüche, umso tiefer das Misstrauen gegen alles: gegen Triebwerke, Rinder, Handys, Öko-Eier, Mikrowellen, Torten, Öltanker, Wandfarben, Hubschrauber, Frittierwaren; gegen die Wirtschaft, gegen die Gesetze, gegen die Weltgesundheitsorganisation, gegen die ganze Regierung, gegen diesen schleichenden Terrorismus auf Umwegen, der in Supermärkten, Bioläden, Tele-Shops, Baumärkten oder Bundesbahnschaltern lächelnd in unser Leben tappt.

Wenn man schon unnatürlich sterben soll, dann wenigstens für eine große politische Idee, nicht aber für das Agro-Business oder die Telekommunikation und deren Lobbys. Und eine Gesellschaft, die nicht mal Futtermittel-Verbrechern Einhalt gebieten kann, wie geht die dann eigentlich in der Höhenluft des irgendwann einmal kommerziellen Klonens vor?

Die amerikanische Sekten-Firma »Clonaid«, die angeblich 20 Menschen geklont haben soll, steht nun vor einem Gericht. Ich freue mich schon auf die Gutachten.

19 Ich weiß jetzt, was global ist und liberal

Kürzlich war ich gebucht auf Lufthansa von Stuttgart nach Berlin. Dieser Flug war so ungefähr das Schlimmste, was ich an Personenbeförderung je erlebt habe.

Ich saß neben Dolly Buster. Ich hatte sie gerade auf ihren schönen Talisman angesprochen, da ging es los. Sie konnte gerade noch sagen, dass das ein tibetischer Buddha sei, da gerieten wir in große Turbulenzen, die Stewardessen mussten ihren Service einstellen und alle schrien.

Ich selbst wurde von einer Turbulenz auf die Seite von Dolly Buster hinübergeworfen und lag auf ihrer riesigen linken Brust. Sie sagte immer wieder in ihrem wunderbaren Akzent: »Wir stürrrzzen ab, wir stürrrzzen ab«, und ich überlegte mir, wie groß die Chance zu überleben sei, wenn ich jetzt einfach zwischen den beiden Brüsten von Dolly Buster wäre, als mir Busters Buddha hart ans Brustbein drückte.

Ich sagte noch »Pardon«, sie entgegnete »Ist doch jetzt auch egal« – aber wir überlebten.

Im Bus flüsterte sie: »Kommen Sie doch auf die Cebit-Fachmesse in Hannover, da bin ich auch!«

Auf einer ICE-Reise Tage später las ich: »Die FDP ist sexy – Stimmen Sie mit Dolly Buster für die Liberalen!« Ich stieg sofort in Hannover aus, aber ich habe sie nicht gefunden auf der Fachmesse.

In der Nähe eines großen Plakats mit der Aufschrift »WEB-EROTIK« hatte ich noch nach ihr gefragt, und ein Mann, der neue Nokia-UMTS-Handys vertrat, sagte: »Dolly? Die haben

Sie auch bei uns!«, switch, ging ein Handy an, und Dolly war auf dem Display, ja, ich sah sogar in Farbe auf ihre Brüste, in denen ich einmal eine Flugzeugkatastrophe zu überleben gedachte.

»Wir nennen dieses Angebot: ZWEI GLOCKEN AUFS HANDY«, sagte der Mann und erklärte: »Dolly investiert viel in die WAP-Erotik, zum Beispiel in die Smart-Displays mit Ultraschallsensoren, die das Anfassgefühl ihrer Glocken simulieren.«

»Wissen Sie«, sagte ich, »können Sie eigentlich auch mal MASS halten? Frau Buster und ich, wir sind eher eine Schicksalsverbindung und danken beide GOTT, dass wir leben«, aber der Mann dachte, ich spreche auf keinen Fall mit ihm und schaute auf meine Ohren, ob ich da drin Headset-Knöpfe habe und GOTT zu irgendeinem Mobilfunkteilnehmer sage.

Dann nach einer Pause: »Brauchen Sie ein GPS-SEX-NAVIGATIONSSYSTEM VON DOLLY? Wo wohnen Sie?«

»Charlottenburg! Wieso?!«

»Moment!«, und dann, switch: »Dann gehen Sie heute Abend auf Empfehlung von Dolly in den Swingerclub in der Goethestraße, Wiedersehen!«

In der Goethestraße in Berlin-Charlottenburg saß ich eineinhalb Stunden für 52 Euro nur mit einem Handtuch bekleidet in einer Sesselgarnitur mit angeleuchteten Marmoraphroditen. Neben mir eine ältere dauergewellte Frau, in deren herunterhängenden Glocken ich nicht einmal einen Auffahrunfall überlebt hätte.

Ich trank drei Whiskey und starrte auf eine Dolly-Buster-Video-Produktion, in der zwei Frauen auf einen Mann urinierten, dazu spielte der CD-Player an der Bar Jürgen Drews »Ein Bett im Kornfeld«.

Mein Gott, was für ein Navigationssystem, dachte ich, aber funktioniert hat es trotzdem, sonst wär' ich ja wohl nicht hier?

Vielleicht hätte ich auch nicht die Ultraschallsensoren für

Dollys Glocken im Smart-Display aktivieren dürfen, vielleicht kam ich dadurch auf die falsche Bahn.

In dieser ganzen digitalen Welt verliere ich nach und nach meinen erdgebundenen Horizont: authentische Frauen auf Barhockern oder in der U-Bahn in Echtzeit statt WAP-Brüste oder dauergewellte Frauen, die mir nicht mein Instinkt oder mein Schicksal zugeführt haben, sondern GPS (Global Positioning System)!

In 20 000 Kilometer Höhe befinden sich Satelliten, die die Erde am Tag zweimal umkreisen, und jedes Mal, wenn auf der Erde ein Besitzer eines Dolly-GPS-Systems in die Nähe von registriertem Sex kommt, dann fängt sein Handy automatisch an, die Glocken zu schwenken wie die Zielfahne bei der Formel-Eins.

Sagen wir es ruhig, das ist die teuflische Verflechtung der kapitalistischen Weltgesellschaft, die mit allen Tricks bis 20 000 Kilometer hoch in den Himmel hineinglobalisiert, wo man früher Gott suchte und jetzt GPS uns sucht. Und es findet uns immer!

Und dann landen wir da, wo wir sonst nie gelandet wären. Diese dauergewellte arme Frau, dazu »Ein Bett im Kornfeld« mit diesem Pissvideo, so einen Scheiß hätte sich ja auch kein Gott ausdenken können.

Ich wartete jetzt darauf, dass plötzlich dank GPS jemand von der FDP reinkommt und, switch, für die Liberalen in den Club uriniert.

20 Wie mir eventuell Joseph Freiherr von Eichendorff in Gestalt einer Fruchtfliege hinterherflog auf einer Dampferfahrt am Tag der EU-Erweiterung

Überall, wo man gerade hinkommt nämlich, sagen die Leute: »Sag mal, hast du auch diese komischen Fliegen?« Im Rotwein. Im Salatdressing. In den Erdbeeren. Tag und Nacht über der Biotonne.

Vorgestern bin ich mit so einem Touri-Dampfer vom Schloss Charlottenburg die Spree hochgefahren, weil ich am 1. Mai mal was anderes sehen wollte, aber ab der Lessingbrücke bis Treptow sind mir diese Fruchtfliegen hinterhergeflogen. Am Ufer sah man Hunderte von Neonazis, EU-Erweiterern und DGB-Gewerkschaftern (was das für eine Mischung war!), und dann sind einem auch noch die ganzen Fruchtfliegen hinterhergeflogen.

Am Abend war ich zu einem Essen eingeladen anlässlich der Aufnahme von Lettland in die EU. Die Gäste diskutierten gerade heftig über einen lettischen Performance-Künstler, der über Riga einen Elch aus einem Helikopter abgeworfen hatte, um wohl künstlerisch auf irgendwas hinzuweisen, was aber nicht mit den neuen Wertvorstellungen der erweiterten EU im Hinblick auf Tierhaltung und Jagd übereinstimmte.

Ich konnte mich nicht an der Diskussion über die neue EU und den Elch beteiligen, weil ich die ganze Zeit auf mein Carpaccio starrte, über dem eine Fruchtfliege kreiste.

Irgendwann, ja nun – ich schlug zu. Mitten ins Carpaccio. Wenn der lettische Performance-Künstler Elche aus der Luft abwirft, dann werde ich ja wohl mal eine Fruchtliege … – »Diese wendigen Biester!«, rief ich noch entschuldigend aus, aber der lettische Kultursekretär sagte nur: »Na, wenn Sie da mal nicht gerade einen Verwandten erschlagen haben!«

Er hatte Recht.

»Drosophila melanogaster« (»Die Fruchtfliege«) besitzt 13 601 Gene, und 60 Prozent davon sind identisch mit denen von uns Menschen. Ich habe das sofort zu Hause ausgegoogelt. Das heißt, keinem anderen Lebewesen gleicht der Mensch und sein Genom bis ins molekulare Detail so sehr wie der Fruchtfliege.

Das Bild geht mir nicht mehr aus dem Kopf: wie da dieses höchstens drei Millimeter große Wesen niedergestreckt im Carpaccio liegt und in seiner Erbsubstanz fast genau dieselben Bauanleitungen für die Eiweißstoffe besitzt wie ich. Ich habe schon an Kain und Abel gedacht. Man kann Mücken erschlagen, Fadenwürmer oder Motten, vielleicht kann man auch noch Elche aus der Luft abwerfen und in Riga zerplatzen lassen, nicht aber Vorfahren in der Antipasta.

Ich beschäftige mich jetzt mit Reinkarnation und Karma, bisher allerdings noch auf unterstem Niveau. Ein Freund von mir macht nämlich derzeit eine Rückführungstherapie mit Karma-Beratung, weil er so viel Stress mit seiner Freundin hat und glaubt, dass sie im früheren Leben möglicherweise seine Mutter war.

Er war bei einem hinduistischen Heilpraktiker am Bodensee und wirkt seitdem ziemlich nachdenklich, will mir aber nicht sagen, was dabei genau herausgekommen ist. Nicht dass ich vermute, dass der Heilpraktiker ihm gesagt hat, seine Freundin sei nicht seine Mutter gewesen, sondern eine Fruchtfliege, nein, aber denkbar ist so etwas. Falls wir nämlich wirklich wiedergeboren werden, dann inkarnieren wir uns der Lehre nach als Mensch, als Pflanze oder als Tier oder auch in geistiger Form.

In Berlin-Pankow gibt es einen Parapsychologen, der nach den Lehren des Konfuzius arbeitet. Bei dem war ich. Dr. Gund. Interessanter Mann. Vom Typ her ein bisschen ähnlich wie der arbeitssüchtige Therapeut in der hessischen Habichtswaldklinik, aber Dr. Gund ist älter und sieht eher aus wie Rainer Langhans, dieser ehemalige Kommunarde mit dem Harem und Uschi Obermaier.

Dr. Gund führt die Rückführung meist auf einer Bambusliege durch und in der Regel mit hyperventilierendem Atmen bis zum Trancezustand und dann auf hypnotisch-suggestivem Wege in die eine oder andere Richtung.

Dr. Gund kann einen zurückführen bis zu den Römern, Griechen oder Chinesen; er kann einen aber auch »vorausführen«, er habe Vorausgeführte gehabt, die seien auf dem Mars gelandet oder auf dem Alpha Centauri.

Ich fragte, ob er denn bei den Rückführungen schon auf interessante Promis getroffen sei, und Dr. Gund zeigte über der Rezeption auf ein Bild von Joseph Freiherr von Eichendorff, dem Romantiker, 1788 geboren, der sei heute noch Klient bei ihm in Pankow. Es gebe aber auch Klienten, die früher einmal ganz schlicht ein Baum – genauso wie es heute Sträucher oder Rinder gebe, die früher vielleicht Maria Stuart oder Vivaldi gewesen sind.

»Wirklich?«, fragte ich Dr. Gund, »auch eine Fruchtfliege?«

»Ganz besonders die Fruchtfliegen!«, sagte Dr. Gund, »wegen der frappierend ähnlichen Genstruktur! Beschäftigen Sie sich denn gerade mit Fruchtfliegen? Eine Fruchtfliege ist niemals nur eine Fliege!«

So. Ich ging dann mal nach Hause.

Ich will nun in Zukunft ein anderes Bewusstsein haben. Besonders, wenn ich wieder kurz davor sein sollte, auf Lebewesen der EU, womöglich auf den Vivaldi, einfach so draufzuschlagen, oder wenn ich höre, dass andere komplette Elche über Lettland abwerfen.

Das meine ich sehr ernst.

21 Das Trio Infernale

In der Delikatessen-Abteilung vom Kaufhaus des Westens brennen nur die Nacht- und Notlichter an den Ausgängen. In der Nudel-Abteilung stehen ein Rind, eine Gans und ein Huhn. Niemand weiß, wie die hier alle reingekommen sind, aber sie sind nun einmal da. Der Nachtwächter befindet sich auf seinem Kontrollgang zwei Stockwerke tiefer. Die Gans vergleicht Speiseöle. Das Rind starrt auf ein Regal mit Nudeln. Es ist Neujahrsnacht.

DAS RIND: Breitbandnudeln!

DIE GANS: Ich hab' hier Olivenöl aus der Toskana! Olio di Oliva! Magst du Balsamico? Hier gibt's einfach alles! Wo ist denn das Huhn?

DAS RIND: Da. Auf der Käsetheke.

DIE GANS: Huhn! Komm da von der Käsetheke runter! Was, wenn du ausrutschst!

DAS HUHN: Ich bin ein Truthuhn. Ich rutsche nicht aus. In Freiheit lebten wir Truthühner in Mischwäldern und verbrachten die Nacht auf Bäumen. Wusstet ihr, dass ich Merkur und Apoll geweiht bin?

DIE GANS: Steht das in »Brehms Tierleben«?

DAS HUHN: Ich lese nicht »Brehms Tierleben«. *(Schaut sich Käse an)*

DAS RIND: Ich wär' so gern ein Büffel in der Prärie. Ich will keine Fleischkuh aus Brandenburg mehr sein. Ich beiß' jetzt hier einfach in die Breitbandnudeln! *(Beißt hinein)*

DIE GANS: Bist du wahnsinnig? Mach doch erst mal die Verpackung ab! Wer weiß, was da alles in dem Kunststoff drin ist!

DAS RIND: Ist doch jetzt auch egal! Was glaubst du denn, was ich sonst so esse?! Seit Jahren immer nur Gedärme, Augen und Hirne! Neulich hatte ich sogar das Gefühl, ich esse einen Gehirntumor!

DAS HUHN: Ist Hüttenkäse gut?

DAS RIND: Ich bin so erschüttert. Wie wir in diesem Land leben! Neulich haben sie ein Kalb, mein Patenkind, das mit drei Köpfen auf die Welt gekommen war, gleich in die Fritteuse gesteckt und weiterverfüttert!

DIE GANS: Nee, nee, lass uns jetzt über was andres reden, das ist ja ekelhaft! Wir wollen Silvester feiern! Ich hab' hier guten Rucolasalat. Wollt ihr Balsamico?

DAS RIND: Vor einer Woche kam der Minister für Landwirtschaft auf unseren Hof und hat zum Beweis, dass deutsches Rindfleisch sicher ist, einfach in meine Lende gebissen, dieser Arsch. Ich würde mir jetzt am liebsten fürs neue Jahr wünschen, dass sich BSE auf die SPD und dann auch aufs Internet überträgt!

DIE GANS: Jetzt hör aber mal auf! Mit Parmesan?

DAS RIND: Du bist aber nicht Doretta, oder? Die vom Bundeskanzler begnadigte Weihnachtsgans? Ich hab' dich doch schon irgendwo mal gesehen!

DAS HUHN: Also ich versteh' überhaupt nicht, wie eine gewöhnliche Gans aus Mecklenburg-Vorpommern heute zu so einer Popularität gelangen kann? Diese blöde Gans kennen bestimmt mehr Menschen als Elfriede Jelinek, das hat ja alles Formen angenommen in dieser Medienwelt!

DIE GANS: Nun red du nicht von Elfriede Jelinek und Medienwelt, was versteht ein Huhn von der Medienwelt!?

DAS RIND: Warum gibt's eigentlich »Big Brother«?

DIE GANS: Weiß ich doch nicht! Woher soll ich wissen, warum es »Big Brother« gibt?! Ich weiß ja nicht mal, wie diese Parmesan-Reibe funktioniert! *(Versucht, Parmesan für den Rucolasalat zu reiben)*

DAS HUHN: Guckt mal! *(Springt mit ausgebreiteten Flügeln und einem Schrei von der Käsetheke in das vier Meter große Pappmaché einer nachgebauten Sektflasche von Henkel Trocken)*

DIE GANS: Was soll das jetzt?

DAS HUHN: *(Guckt aus dem Loch der großen Pappflasche)* Ich hab' grad den 11. September nachgespielt.

DAS RIND: Ich kann auch was. Guckt mal! *(Stellt sich mit den Vorderfüßen auf eine Kiste, rollt plötzlich das »r« und hebt eine Hufe zum Gruße)* Liebe deutsche arische Auerochsen, wir sind hier auf diesen Wiesenflächen zusammengerückt ...

Die Gans: Hör auf! Lass das! Du sollst nicht Hitler spielen! *(Zum Huhn)* Sag ihm, dass er nicht nochmal Hitler spielen soll, ich mag das nicht! Du bist nicht Bruno Ganz! Wir wollten Salat essen!

Das Rind: Gut, ich spiel' nicht mehr Bruno Ganz, ich spiel' was andres. – Guckt mal jetzt! *(Kneift unnatürlich und schrecklich das Gesicht zusammen und zeigt fletschende Zähne)*

Das Huhn: *(Springt wieder auf die Käsetheke)* Hilfe! Du siehst fürchterlich aus!

Das Rind: Ich bin ein Kampfhund! Ich bin jetzt ein Pitbull! Ich will keinen Salat!

Die Gans: Lass das! Du bist doch kein Pitbull! Du bist ein völlig bescheuertes Rind! Mein Gott, was mache ich hier eigentlich?! Wollen wir nun was Gutes essen?

Das Rind: Jahresrückblick ist Jahresrückblick! Und wenn das Huhn 11. September spielt, dann werd' ich ja wohl mal Hitler spielen dürfen. Und jetzt sag' ich euch mal was: Oliver Kahn hat Rinderwahnsinn! Der guckt immer genauso wie die Mutter von meinem Halbbruder. *(Guckt wie die Mutter von seinem Halbbruder beziehungsweise Oliver Kahn)*

Die Gans: Du, wenn man BSE hat, sollte man lieber das Maul halten, da kommt ja wirklich nur noch Dada und Scheiße aus deinem Hirn.

Das Rind: Na gut, dann spiel' ich jetzt George W. Bush! Wollt ihr meinen IQ mit Hand auszählen?

Das Huhn tut wieder so, als flöge es gegen das World Trade Center. Der Nachtwächter betritt die Delikatessen-Abteilung.

Der Nachtwächter: Ist hier jemand?! Hier ist doch wer?! Hände hoch! *(Der Schein seiner Taschenlampe fällt aufs Rind)* Oh Gott, ein Rind! Ich glaub' es nicht!

Das Huhn: Lass uns ihn fangen und vors Tribunal stellen!

Das Rind und das Huhn stürzen sich auf den Nachtwächter, der von den Hufen des Rindes zu Boden gedrückt wird.

Der Nachtwächter: Hilfe!! Hilfe! Alarm! Alarm!!

Das Huhn: Halt's Maul, Mensch! Du bist hier vorm Untersuchungsausschuss! Hier stellen wir die Fragen! So! Warum verfüttern die Menschen Tiermehl?! Rede!

Der Nachtwächter: Hilfe!! Alarm!!

Das Rind: Das antwortet nicht, das Schwein! Tiermehl, warum?!

Schweigen.

Das Huhn: Foltern!

Das Rind: Soll ich ihn einfach in den Arsch ficken?

Die Gans: Nö.

Das Huhn hackt dem Rind wie in einem Theaterstück von Heiner Müller ein Stück Fleisch aus der Lende.

Das Rind: Aua!

Das Huhn: Ich brauch' das jetzt. *(Hält dem Nachtwächter das Stück Fleisch hin)* Essen!

Der Nachtwächter: Nicht vom Rind! Bitte nicht vom Rind!!

Das Huhn: Doch!! Vom Rind! Du isst das jetzt! Wir spielen hier jetzt »Russisch Boulette«!

Die Gans: Sehr witzig.

Das Rind: Willst du mich nicht essen? Jahrelang habt ihr mich gegessen und jetzt willst du nicht?!? Essen!!

Das Rind hat Schaum vorm Mund. Gerade als es den Nachtwächter zertrampeln will, kann dieser dem Rind entweichen und aus der Delikatessen-Abteilung fliehen.

Das Huhn: Er ist entflohen! Wieder ist der Mensch nur mit dem Schrecken davongekommen! Typisch!

Das Rind: Den kriegen wir noch! Wir sind überall!

Die Gans: Wie lange soll ich denn hier noch mit meiner Salatschüssel herumsitzen? Olio di Oliva! Es ist fünf vor zwölf!

Das Rind: Prost! *(Nimmt einen Sekt)*

Die Gans: *(Zum Huhn)* Komm jetzt endlich runter von der Käsetheke! Wir wollen trinken!

Das Huhn: Die Scheiß-Glukose kannst du alleine trinken! Ich mach' nochmal »America under Attack«!

Das Rind: Ja, spiel's noch einmal, Huhn!

Das Huhn stürzt sich wieder ins Pappmaché von Henkel Trocken.

DIE GANS: Prost Neujahr! Wie's perlt! Wie's zischt!

DAS RIND: Wahnsinn! Prost!! *(Trinkt die Flasche ex)* Ups. Gleich bin ich total panne! Dabei hab' ich morgen in Garmisch-Spatenkirchen Neujahrsspringen.

Das Rind springt auch auf die Käsetheke, stürzt sich wie ein Skispringer in Garmisch-Partenkirchen herunter und fällt durch den Boden durch alle Stockwerke des KaDeWe's ganz nach unten in die Parfümabteilung. Dort liegt es auf der Deko von Joop. Das Huhn und die Gans gucken durch das Loch von oben herunter.

DAS HUHN: Lebst du noch?

DAS RIND: Nee. Ich bin tot. Sagt allen, dass ich nicht an BSE gestorben bin, sondern beim Skispringen, ja? Ach Huhn, ach Gans, wenn ihr wüsstet, wie's im Himmel riecht.

Das Huhn und die Gans schauen sich an, beginnen zu weinen und essen still den Salat.

22 Mit Madonna im Reformhaus

Also, singen kann sie ja.

Aber fangen wir erst mal von vorne an: »Pass auf, du musst unbedingt darauf achten, was sie anhat! Was sie anhatte, will ich wissen, die Musik kenn ich ja schon!«, hatte mir ein Musikredakteur gesagt und eine Tabelle von dpa mit den verschiedenen Madonna-Phasen geschickt, wo draufsteht, was Madonna wo wie genau anhatte.

Auch die Polizei in der voll gesperrten Gleimstraße, nahe der Max-Schmeling-Halle, scheint irgendwie vom Fieber ergriffen. Ahnungslosen älteren Damen, die nur mal Gassi gehen, schreit die Polizei auf die Frage »Herr Schutzmann, was ist denn hier passiert?« ein hysterisches »MADONNA!, MADONNA!!« entgegen. Hubschrauber des, ich glaube, Bundesgrenzschutzes mit heraushängenden Kameramännern fliegen schon über die Schönhauserallee hinweg wie diese embedded Frontreporter über Bagdad, und alles um die Max-Schmeling-Halle ist völlig verstopft mit ARD, ZDF, RTL I + II, SAT 1, VOX, SFB, Schwarzmarkthändlern, Abgeordneten der Berliner SPD plus CDU und den »drei von der Sparkasse« (siehe Seite 62!), dazu Cowboy-Hüte, Cowboy-Hüte!

Ein Drittel der zehntausend Fans besteht aus Cowgirls mit Cowboy-Hüten und Schlagjeans mit Ketten dran (aktuelle Madonna-Phase!). Das zweite Drittel der Besucher läuft in folgender Mischung auf: einerseits Ethno mit Henna-Tattoos (vorherige spirituelle Madonna-Phase); andererseits Lack-Leder mit kleinen Peitschen und ein paar Netzstrumpfhosen (vorvorherige Sado-Maso-Phase). Und dann gibt's noch die blondierten Sexbomben um die 40, die sich aus einer sehr frühen Madonna-Phase rekrutieren, sich unentwegt in den Schritt fassen und »What it feels like for a girl« singen. Der Rest der Besucher sieht eigentlich ganz normal aus.

Drinnen in der Max-Schmeling-Halle wird Bratwurst gegessen, Bier getrunken und an Klos angestanden wie bei Hertha. Auf der Bühne allerdings sieht es total beängstigend aus, denn normalerweise startet die NASA ja Raketen in dünn besiedelten Gebieten wie Cape Canaveral, aber nicht in der Max-Schmeling-Halle! So viel Technik habe ich noch nie gesehen. Angeblich stehen da jetzt 150 Tonnen herum. Die Heavy-Metal-Band Motörhead zum Beispiel, war zu lesen, die komme immer nur mit 70 Tonnen, AC/DC mit 80 Tonnen, aber 150 Tonnen ist jetzt absoluter Weltrekord.

Es ist 20 Uhr, Konzertbeginn, und die Bühne leuchtet bis 20 Uhr 07 in blau. Von 20 Uhr 07 leuchtet sie, um es genau zu sagen, bis 20 Uhr 30 mal in rot, mal in orange, auch mal in lila. Um 20 Uhr 31 kommt dann endlich Nebel. Das Licht geht aus und wieder an und jetzt erscheinen die Musiker per Hydraulik aus der Tiefe auf der Bühne. Die NASA klappt die Startvorrichtungen aus, Hunderte von Monitoren leuchten curaçaofarben auf, und sie, Madonna, fährt, ebenfalls hydraulisch, wie eine Statue bewegungslos herein. Schwarzes enges Top, blond, ohne Hut, Lederhose, ich glaube, sehr schmal in den Hüften, darüber roter Rock (keine Ahnung, welche Phase das jetzt insgesamt ist).

Madonna lässt sich nach 20 Sekunden von der Hydraulik noch mehr in die Höhe fahren und singt »Drowned World – Substitute For Love«. Schönes Lied. Unter ihr springen zehn Tänzer in Schwarz herein, hechten über die Bühne, während sich Madonna wieder runterfahren lässt. Jetzt kriechen die Tänzer aus irgendwelchen schwarzen Stoffröhren und greifen Madonna an, aber Madonna wehrt sich und schlägt und boxt die Tänzer, ähnlich vermutlich wie Max Schmeling, sodass sie abgeschmettert mal nach bühnenlinks, mal nach bühnenrechts fliegen und sich in ihren idiotischen Stoffröhren verkriechen.

Im nächsten Song fährt eine Erotikstange herein, wie man sie aus Striplokalen kennt. Madonna turnt zweimal dran entlang, dann fährt die Erotikstange wieder heraus und Madonna läuft wieder zu ihren Tänzern und tritt ihnen abwechselnd in die Eier, während über allem die NASA-Startvorrichtungen blinken.

Irgendwann sagt sie »Fuck you motherfuckers« ins Publikum, und dies wurde ja mit Spannung erwartet: Sagt sie »Fuck you motherfuckers«, wie schon in Barcelona und Mailand, oder sagt sie irgendwas mit Berlin-Bezug, so wie vielleicht Kennedy damals vorm Schöneberger Rathaus, immerhin hat sie ja mal mit Kennedy junior geschlafen, da könnte sie doch einen winzigen Berlin-Bezug … – aber nein, die Choreographie lässt vom Zeitplan nur »Fuck you motherfuckers« zu, danach versinkt Madonna durch ein Loch im Bühnenboden zum Umziehen.

Wenn Madonna umgezogen wird, ist die Choreographie auf der Bühne am bescheuertsten. Dann wird die Abwesenheit der Ikone mit derlei viel Motorik und Tam-Tam zugekleistert, dass ich am liebsten im Wald stehen würde, nur mit einem Walkman.

So etwas Ähnliches hatte ich schon den ganzen Tag geträumt: Ich stehe mit Walkman in meinem Reformhaus in Charlottenburg und plötzlich kommt Madonna herein, ohne NASA und ohne Hydraulik, und kauft Müsli. Sie sagt leise zu meiner Reformhausverkäuferin: »Fuck you motherfuckers«, aber sonst ist alles ganz still. Guter Traum. Und der hätte ja auch wirklich wahr sein können, denn am Montag ließ sie im Charlottenburger Öko-Laden »Natural Mente« tatsächlich von den Leibwächtern Müsli kaufen.

Madonna ist wieder zurück. Jetzt nicht mehr blond, sondern schwarz, mit roten Stoffbahnen an den Armen und so einer Art schwarzer Kimono. Keine Ahnung, was »Die Tagesthemen« und ZDF, RTL I + II + SFB sagen werden, ich sag' Kimono.

Madonna singt jetzt wieder unglaublich schön, ich glaube, es war »Frozen«. Schade ist nur, dass sie sich permanent bücken muss, weil vor ihr ein gefährlicher Samurai mit einem Schwert herumfuchtelt. Das Lied ist wirklich hinreißend, aber die Hauptkonzentration von Madonna liegt auf dem Bücken, sonst würde sie nämlich der blöde Samurai erschlagen und das wär' ja was: Madonna, einmal zu sehr mit ihrer Musik beschäftigt, sah das Schwert des Samurai zu spät ...

Was hat Berlin auf diesen Star gewartet. Jedes Jahr sitzen wir ja hier alle in Berlin herum und warten auf einen Star. Leonardo Di Caprio war kürzlich da, aber saß die ganze Zeit mit seiner Mutter in einer Holzkiste, wo niemand reingucken konnte. Oliver Kahn ging einmal mit Roque Santa Cruz über den Ku'damm. Boris Becker überreicht manchmal einen Bambi an Franz Beckenbauer oder Michael Jackson, und Jutta Lampe gastierte sehr schön in der »Möwe« auf dem Theatertreffen, aber wenn man Jutta Lampe in einer Madonna-Kritik erwähnt, dann sieht's schon echt kritisch aus mit den auratischen Frauen in Berlin.

Aura hat sie nämlich. Am stärksten dann, wenn mal die ganze anstrengende Choreographie weggelassen wird, sie nicht turnen, nicht treten, nicht fliegen, nicht schießen, sich nicht bücken und nicht auf Kühen Rodeo reiten muss, sondern einfach nur auf einer Stufe sitzt und in so etwas wie einen Dialog tritt mit ihrem Publikum. Natural Mente! Da sitzt sie dann, befreit vom Gewackele, erkennbar und stark und wie ein Engel, der zaubert. »La Isla Bonita«! Göttlich. Und als sie einmal nur mit einer Spanierin tanzt, da kriegt die Show plötzlich das erste Mal etwas wirklich Erotisches, was ja wahrscheinlich auch bei der hydraulisch hereinfahrenden Sado-Maso-Sitzgarnitur erzeugt werden sollte, allerdings sah das Ding aus wie ein Mahnmal von Käthe Kollwitz.

Madonna hat sich am Abend noch dreimal oder viermal umgezogen, weil ja anscheinend unbedingt alle Madonna-Phasen vorkommen müssen, was man innerhalb eines Zeitraumes von 20 Jahren Madonna hintereinander noch aushalten kann, aber in 90 Minuten? Bei 90 Minuten Konzertdauer heißt das, dass sie ungefähr alle 18 Minuten für 5 Minuten hydraulisch verschwindet und so den Fans ungefähr knapp 65 Minuten Realzeit Madonna bleiben. Wenn man das dann auf die Eintrittspreise zwischen 150 und 800 Euro umrechnet, kann man eigentlich nur noch Kommunist werden.

Fast am Ende bei »Holiday« flippte die Max-Schmeling-Halle jedenfalls aus, sei es aus Selbst-Suggestion in Anbetracht der Finanzen oder aus wirklicher Madonna-Anbetung. Um 22 Uhr 01 war Madonna mit ihrer Band nach dem Song »Music« im Bühnenboden bei Goldregen verschwunden, und die bunte Beleuchtung ging mit so einer Gnadenlosigkeit ins trübe Saallicht über, dass der Jubel förmlich ins kalte Wasser fiel, abrupt endete und kein einziger Fan mehr »Zugabe« schrie.

◆

Dirty Harry Cohn hat einmal gesagt: Nur Gott könne einen Baum machen und nur die Medien und das Publikum einen Star. Bei Madonna könnte man fast sagen, da hat Gott, wenn sie so einfach auf einer Stufe »La Isla Bonita« singt, auch irgendwie dran mitgemacht. Und jetzt, jetzt müsste sie ihn nur noch bitten, dass er diese Scheiß-Show umarbeitet.

23 Über die Berlinerin. Versuch, einem alten Genre hinterherzuschreiben

Der erste Satz, den ich über die Berlinerin niederschrieb, war dieser:

Sie ist streng, aber trotzdem hingebungsvoll und musisch bis mystisch mit dennoch sachlich kühlen Einschüben und regelmäßigen Ausflügen ins Bodenständige.

Dann wurde ich etwas konkreter und formulierte:

Sie muss das kulturelle Erbe dieser Stadt als eine Art literarisches oder theatrales Leuchten in den Augen tragen, dies aber mit dem einstigen Preußentum verbinden, in welches dann immer wieder aus der anderen Richtung das Laissez-Faire der Weltmetropole hineinfließt mit all den multikulturellen Einflüssen von Afrika über Frankfurt bis zum Orient. Ich verknappte es zu folgender Formel:

Aura (Hauptstadtkultur)
Disziplin (Otto von Bismarck)
plus Weltzugewandtheit (Melting Pot)

Diese drei Säulen müssen sich in ihr zu einer FRAU vereinigen, die übrigens trotzdem »ick« und »det« sagen kann oder »Du hast keene Ahnung« und die mir diese Stadt von der Havel bis zum Türkenmarkt zeigen will und danach vielleicht die Villa ihrer Eltern in Dahlem.

Sofort zählte ich alle Frauen durch, die ich in Berlin kennen gelernt hatte, und bereits nach wenigen Minuten war ich mir sicher: Es gab nicht eine einzige darunter, die einfach nur Berlinerin war, geschweige denn in jener hingebungsvoll-strengen oder mystisch-sachlichen Mischung aus Haupstadtkultur, Otto von Bismarck und Melting Pot!

Recherche im Großraum Charlottenburg, zuerst: die Supermarktkette Kaiser's.

1.
Sie war ungefähr 25 Jahre alt, trug eine weiße Schürze und hatte ihr langes Haar auf dem Kopf zu einem Knoten zusammengesteckt, der aussah wie ein blonder Turban über ihrem blassen Gesicht.

Ich bemerkte, wie sie verschiedene Käsesorten von der einen Seite zur anderen umlagerte, dann einen Gouda mit einem großen Messer in mehrere Stücke zerteilte, nebenbei den Boden wischte, dann die Glasscheiben der Theke und die silberne Waage; hernach spülte sie Weintrauben, garnierte mit ihnen den Camembert und bewässerte zwischendurch den Mozzarella.

Das wirklich Interessante aber daran war, dass sie zwar die ganze Zeit arbeitete, man jedoch das Gefühl haben musste, sie täte etwas ganz anderes. Die Betonung ihres Tuns lag zum Beispiel auf dem Summen eines Liedes, und die ganze Art, wie sie sich bewegte, drückte einen Abstand aus, eine Entfernung, die sie zu ihrer Käsetheke innerlich eingenommen hatte.

Aus meinem Geburtsort hatte ich die Käseverkäuferin als eine Frau in Erinnerung, die über ihrem Käse zusammenbrach, die den Käse anblickte und es augenblicklich deutlich war, dass sie Käse hasste, dass sie Menschen hasste, die Käse aßen, und dass sie sich auch selbst hasste, weil sie Käse verkaufte. Die Berliner Verkäuferin aber schwebte wie ihr blonder Turban über dem Käse. Sie erinnerte mich an eine Tänzerin, die Raum und Zeit vergessen hatte, vielleicht sogar an eine Künstlerin in der Mischung aus Aura und Disziplin, denn wer so alles gleichzeitig erledigen konnte, ohne im Geringsten danach auszusehen, der musste von einem tiefen Glauben beseelt sein, der ihn so hoch und eben über die Dinge stellte.

Ich selbst stand gegenüber in der Nudelabteilung und blickte hinüber. Bisher war sie allein, aber ich wartete auf einen Kunden, um zu sehen, wie sie den Käse verkaufen und wie sie dabei sprechen würde, aber es kam niemand. Zehn Minuten später, länger konnte ich unmöglich in der Nudel-Abteilung stehen, ohne aufzufallen, fasste ich mir ein Herz und schritt mit der größtmöglichen Leuchtkraft meiner Augen an die Käsetheke. (Ich habe für das Folgende die typische Romantechnik gewählt.)

»Guten Tag, vielleicht von dem Gouda da.«
»Das ist Emmentaler, junger Mann!«

Er errötete.

»Ich sagte, das ist Emmentaler!«

Wie konnte dieses mädchenhafte Wesen mit dem blonden Turban einfach so zu ihm sagen: »Das ist Emmentaler, junger Mann!«? Sie hätten theoretisch ein Paar sein können. Aber jetzt kam es ihm vor, als sei er plötzlich sieben. Oder fünf. Auf jeden Fall fühlte er sich mit einem Male herabsinken in die Grundschulphase.

Vermutlich hatte sie diese gängige Floskel von ihren älteren Kolleginnen übernommen, aber in ihrem Lächeln und in der beiläufigen Selbstverständlichkeit, die in den Worten »Das ist Emmentaler, junger Mann!« lag, war irgendetwas Tieferes, etwas Grundsätzlicheres, das sie ihm unerreichbar zu machen schien. Ja, er sah jetzt einen Jungen, der auf dem Pausenhof hinaufblickt zu einer großen und heiligen Blonden in der Raucherecke.

Mittlerweile standen jeweils 150 Gramm Emmentaler, Camembert, Le Tartare, Roquefort, Edamer, Brie, Bleu, Tilsiter und auch Gouda auf der Theke. Und noch an der Kasse dachte er, bestimmt insgesamt 14 verschiedene Käsesorten auf das Laufband legend: Wie disponiert muss diese Heilige sein, dass es so unbemerkt geschah? Er hatte doch alles sehr genau beobachtet: den wippenden blonden Turban, das Summen ihres Liedes, es war »Don't cry for me Argentina«, ihr Lachen, ihre Beiläufigkeit, die wachsende Entfernung beziehungsweise seinen plötzlichen Rückfall in die Grundschulphase – das alles war zu beobachten. Aber nicht, dass sie ihn bediente.

Ich glaube heute, dass mich der Käse selbst bediente. Der Käse hatte sich unter ihren Händen selbstständig gemacht, sodass sie sich ganz auf ihr Eigentliches konzentrieren konnte.

Ja, das Eigentliche.

Ich glaube nämlich, dass ich im Eigentlichen dieser Frau eine Berlinerin sah.

Zwischenzeitlich hatte ich mir ja auch eine Menge angelesen. Zum Beispiel:

»Mädchen, kein Casanova hätte dir je imponiert. Glaubst du vielleicht, was ein doofer Schwärmer von dir phantasiert?«

Die Berlinerin, und da war ich mir also auch in Anlehnung an Tucholsky sicher, war oder ist eine Frau, die man nur schwer für sich einnehmen kann. Man versucht all seinen Charme, seine Leuchtkraft, seine Trümpfe zusammenzunehmen und dann rauscht man mitten hinein in das echolose Nichts.

In diesem Zusammenhang fällt mir ein, dass ich einmal in der Oper sehr lang auf das am Kittel angebrachte Namensschild einer ungewöhnlichen Garderobiere guckte. Nach wenigen Sekunden warf mir Fräulein Bollmann die Jacke entgegen und sagte: »Na, denn mach's jut und 1000 Küsse!« »Na, denn mach's jut und 1000 Küsse!« ist übrigens ein alter Berliner Spruch und im Prinzip genauso ein Satz wie »Das ist Emmentaler, junger Mann!«, denn er schafft augenblicklich Entfernung. Das heißt: Zu jeder Frau auf der Welt könnte man erst einmal im Prinzip eine Brücke bauen, wenn man ein Mann ist, nur bei der Berlinerin, da ist das schwieriger. Wenn man seine Brücke gebaut hat, fällt sie ins Wasser.

Woher kommt diese Kühle der Berlinerin?

2.

Als Nächstes entschied ich mich für zwei Frauen in einer Bäckerei gegenüber vom Charlottenburger Schloss.

Jeden Morgen, wenn ich um 8 Uhr 45 die Bäckerei betrete, herrscht eine erhebliche Lautstärke. Die eine Frau, die man nie richtig sehen kann, weil sie in der Backstube den Boden scheuert, schreit durch die halb geöffnete Tür und quer durch die Bäckerei jeden Morgen die Einzelheiten eines immer gleichen Themas: Der oder die hat dies oder das komplett falsch gemacht, bestimmt wieder diese dumme Gans von Aushilfskraft, von der Materie keine Ahnung, da soll sie doch stempeln gehen, mit ihrem Hintern, typisch Chef, dass der die … – und überhaupt: »Ick sach ja immer«. Die andere Frau hinter den Vitrinen nickt während dieser ganzen, von einzelnen Scheuergeräuschen untermalten Tiraden jeden Morgen immer kräftig mit dem Kopf, will ständig etwas scheinbar Passendes dazu beitragen, findet aber nie eine Lücke und ist derart mit dem Abpassen der Lücke beschäftigt, dass sie mich und andere so bedient, als seien wir gar nicht vorhanden, weil der Kopf nämlich meist zur Tür gedreht ist, aus der es ohne Unterlass flucht und scheuert.

Vor ein paar Tagen verwechselte ich einen Käsekuchen mit einer Sahnetorte.

»Irene!«, schrie plötzlich die Frau hinter der Vitrine, ohne auch nur im Ansatz eine Lücke abzupassen: »Irene! Da is eener, der hat ooch keene Ahnung, wat 'ne Sahnetorte is!«

Plötzlich steckte die andere den Kopf durch die Tür, stemmte die Arme in die Hüften und sagte: »Na, jibsen det?«

Dieser Art von Berlinerinnen kann man, glaube ich, sehr oft begegnen. Schimpfend. Die Fehlerhaftigkeit der Welt anklagend und vor allem: sie auskostend. Und wenn man da mitten hineingerät und dann auch noch einen Käsekuchen mit einer Sahnetorte verwechselt, dann gibt es nur eine Lösung: Kapitulation. Auf den Rücken legen. Demut.

3.

Ich kenne doch eine richtige Berlinerin!

Eine Chefsekretärin aus Kreuzberg. Sie betritt seit zwanzig Jahren jeden Morgen das Chefsekretariat eines Berliner Wirtschaftsunternehmens. Meistens in einer Hose, einem weiten schwarzen Pullover und einem dunklen Mantel, in dem ab und zu einige Dosen Katzenfutter stecken, da sie seit Jahren, nunmehr in Schöneberg, mit zwei Katzen zusammenlebt. Sie hat wunderschönes schwarz-rot glänzendes Haar, das sie immer streng am Hinterkopf zusammengeknotet lässt und nur bei der Weihnachtsfeier offen trägt. Jeden Morgen schleppt sie etwa 15 übereinander gestapelte Zeitungen im Arm, obendrauf liegen Berge von Post, manchmal auch noch Kaffee, Dosenmilch und Tulpen. Jeden Morgen auch steht sie vor der verschlossenen Tür des Sekretariats, lehnt die ganzen Berge in ihren Armen gegen die Tür und presst von der anderen Seite ihre Brüste dagegen, damit alles im Gleichgewicht bleibt und sie eine Hand frei hat, um den Schlüssel in das Schloss zu stecken, umzudrehen, die Tür aufzustoßen und einzutreten in ihr Büro. In der Regel stürzt bei diesem Vorgang die ganze Ladung samt Katzenfutter auf den Teppich.

Dann klingelt das Telefon, denn wenn die Chefsekretärin

einen Raum betritt, klingelt immer das Telefon. Es gibt Tage, da hebt sie gar nicht ab. Es gibt aber auch sehr viele Tage, da ruft sie »Jaaa!« und »Neee!« und »Is nich da!« oder »Mensch! Hier is alles durch'nander!« in den Hörer, knallt diesen auf die Gabel, guckt einmal quer durch das Sekretariat und sagt: »Wo ist mein Stuhl?« – und zwar in hochdeutscher Aussprache, was den bitteren Ernst ihrer Frage unterstreichen soll, denn ohne ihren Stuhl kann die Chefsekretärin nicht leben, und merkwürdigerweise ist der jeden Morgen verschwunden.

Es gibt eine alte Regel: Wenn man morgens in ihr Chefsekretariat tritt und sie nicht »Guten Morgen« sagt, sondern erst einmal »Mensch! Hier is alles durch'nander!« und dann auch noch »Wo ist mein Stuhl?« in hochdeutscher Aussprache: genau dann ist klipp und klar, dass man sich heute sehr warm anziehen muss.

Sie hat mir mal einen Radiergummi an den Kopf geworfen.

Ich habe erlebt, wie sie Staatssekretären am Telefon die Leviten las.

Ich glaube sogar, sie hat einmal zu Lebzeiten Herbert von Karajan abblitzen lassen!

Man könnte dies mit Kühle, mit so genannter Schnoddrigkeit beschreiben. Aber man muss auch die andere Seite kennen: Die Chefsekretärin hat nämlich das größte Herz, das man sich vorstellen kann.

Ich weiß noch, als ich den, karmisch bedingt, schlimmsten Liebeskummer meines Lebens hatte. Nur Schmerzen, keine Ernährung, Valium, Charité. (Im Folgenden nun wieder die typische Romantechnik.)

Er bekam jeden Morgen Kamillentee in einem vorgewärmten Becher. Und während er sprachlos dasaß, entwarf sie Frauenbilder, an die er sich in Zukunft zu halten hätte. Sie plädierte für einen Typ in der Mischung aus Strenge und Güte und aus

Sachlichkeit und Hingebung und auch aus Pragmatismus und Chaos. Zwischendurch rief sie ab und zu »Jaaa!« und »Neee!« und »Is nich da!« in den Hörer, dann widmete sie sich wieder ganz seinen Angelegenheiten. »Wat is'n nu?« war einer ihrer häufigen Sätze, mit dem sie ihn morgens begrüßte – und es schien, als sei so etwas in ihr wie ein Verlangen nach immer mehr von seinem Liebeskummer; es war, als hätte sie eine Sehnsucht nach der Traurigkeit, von der Marlene Dietrich sang.

Einmal sogar, als er nur noch zu Besuch war in ihrem Chefsekretariat, da sah er sie weinen. Die Prinzessin von Wales war in der Nacht tragisch gestorben und die Chefsekretärin saß in Tränen zwischen Tulpen, Zeitungen, Dosenmilch und Katzenfutter.

Ich glaube, die Berlinerin ist sehr nah am Wasser gebaut. Sie ist im Tiefsten ihres Herzens furchtbar sentimental und so manches Mal vor lauter Rührung unfähig, praktisch zu handeln, was sie jedoch mehr liebt als alles andere. Deshalb muss sie ihren Sentimentalitäten ausweichen oder sie mit etwas Kühl-Ruppigem überdecken. Sie muss ihre machtvolle Hingabe und die große Wärme mit der Kühle abschrecken für das Leben und die Praxis. Sonst würde die Berlinerin zerschmelzen.

Vielleicht ist das auch so mit den beiden Frauen in der Bäckerei an der Kaiser-Friedrich-Straße? Vielleicht steht ihre Kühle wie ein Schutzschild vor der Wärme? (Theorie über die Berlinerin!)

Wenn man nämlich nach jener massiven Rüge wegen der verwechselten Sahnetorte plötzlich mit zitternder Stimme spricht, vielleicht so einen Satz wie: »Ach, ich bin doch froh, wenn ich irgendwie weiß, was ein Mischbrot ist«, einem dabei noch vor lauter Verschüchterung das Kleingeld auf den Boden fällt, dann wissen sie, sie haben einen umgeworfen, das reicht, der Rest ist dann schlagartig einsetzende Rührung und massive Mütterlichkeit und Hingabe.

Jetzt weiß ich, woran mich die Chefsekretärin erinnert. An einen Satz von Kleist, wonach sein Käthchen von Heilbronn der andere Pol der Penthesilea sei – und deshalb ist vielleicht die warme Hingabe der Sekretärin genauso mächtig wie ihr kühler Pragmatismus. (Das mit Kleist wird ihr hoffentlich gefallen.)

Gibt es nicht irgendeine Göttin, die Kriegs- oder Todesgöttin und gleichzeitig Liebesgöttin ist?

4.
Nora und Dora!

Ich kenne noch zwei Berlinerinnen! Zwei Töchter eines Freundes meiner Eltern, die uns in drei aufeinander folgenden Jahren in den Herbstferien besuchten, um Reiterferien auf dem Lande zu machen, weil wir nämlich Pferde hatten.

Nora war so alt wie Dora, etwa 13 oder 14. Ich selbst war im selben Alter und hatte noch nie jemanden aus so einer großen Stadt gesehen.

Das erste Mal, als ich Nora und Dora traf, hatte Nora rot gefärbte Haare und Dora grün. Beim zweiten Mal trug Dora pechschwarzes Haar und Nora blaue Strähnen. Beim dritten Mal war Nora wieder rot und hatte eine fernöstliche Tätowierung auf der Schulter, und Dora trug nicht mehr pechschwarzes Haar, sondern ungewöhnlich blondes Haar, das aufgrund zwischenzeitlicher Rastalocken sich irgendwie freischwebend zu den Seiten erhob. Außerdem beherrschten sie ein Vokabular, gegen das meines eher eines aus dem Altertum war.

Man kann sagen, dass das anfangs beschriebene Bild von der Traumberlinerin ganz bestimmt durch diese beiden mitgeprägt worden ist.

Die ständig wechselnde Färbung der Haare, die fernöstliche Philosophie auf Noras Schulter und die letztlich fliegenden Haare von Dora, die auf Andy Warhol verwiesen: Dies alles waren erste Zeichen für die Weltzugewandtheit und den Melting Pot.

Dann ihre musischen Begabungen (beide spielten Geige und schrieben Tagebuch), die das Bild prägten der irgendwie intuitiven Frau, über der noch mehr Auratisches leuchtete als die gerade aktuelle Farbe der Haare. Zudem waren Nora und Dora sehr diszipliniert (fünf Stunden reiten täglich, dazu zwei Stunden Geige und Tagebuch mit Zigarettenpause).

Ich würde also sagen: Es war in ihnen diese Mischung, die großstädtische Modernität einerseits, aber auch die sachliche Kühle andererseits, denn durch Nora und Dora habe ich schon früh Bekanntschaft gemacht mit der undurchdringbaren Berlinerin. Unser erstes gemeinsames Gespräch, im Herbst 1981, verlief im Grundton nämlich so:

ICH: Hallo. Ich bin der Sohn. Sehen die Mädchen alle so interessant aus in Berlin?

NORA UND DORA: Na, Kleener, dein Vater hat aber schöne Pferde.

5.
Es gibt noch eine.

Es ist schon länger her, ich war gerade in Berlin angekommen und lernte eine Schauspielerin kennen. Wir verabredeten uns ein Mal, dann nie wieder.

Sie ist für mich das, was ich die GEKÜHLTE EROTIK nenne – ein Begriff, den ich jetzt einführen muss.

Das Treffen dauerte zehn Minuten, wobei man noch mindestens zwei Minuten abziehen muss, in denen sie von der Tür ihres Stammcafés zum Bartresen lief, um bei einem glutäugigen Kellner einen Schlüssel abzugeben.

Entscheidend für mich und meinen späteren katastrophalen Satz war jedoch etwas anderes. In der Art nämlich, wie sie die Tür zum Café aufmachte und auf den Bartresen zusteuerte, war etwas, für das zum Beispiel Dramatiker mindestens fünf Akte brauchen: geballte Energie, Widerspenstigkeit, Strenge, praktischer Geist, aber auch Sehnsucht, Hingabe, Zärtlichkeit, Zwischentöne von Leid, von Elegie, von Schwindsucht, keine Ahnung, vielleicht auch Bulimie, auf jeden Fall Mystik, insgesamt eine tiefe Tiefe preußischblauer Augen. Und das alles gebündelt in ein paar Schrittfolgen von der Tür bis zum Tresen.

(Romantechnik!)

Sie hatte kurz vor dem Tresen einen Absatz ihrer Schuhe verloren und saß ihm jetzt gegenüber, den kaputten Schuh und den Absatz in der Hand, den Fuß mit Seidenstrümpfen in einer Art Schneidersitz auf ihrem Schoß. Etwa drei Minuten fluchte sie über ihren Schuster am Hacke'schen Markt, aß dabei in vier Minuten einen Früchtequark, ohne die Zigarette auszumachen, und sagte dann, während sie in einem Stadtmagazin blätterte, man habe ihr die Jungfrau von Orléans im Stadttheater von Gera-Altenburg angeboten. Er aber starrte die ganze Zeit in das Blau ihrer Augen, die ihn an eine Meerlagune bei Sturm im Indischen Ozean erinnerten, wo er einmal entschied, Maler zu werden.

Dann sagte er:

»Wenn du willst, kannst du bei Paramount in Hollywood spielen, ich bin Drehbuchautor.«

Die zehnte Minute ihres Treffens verbrachte sie dann damit, die Zigarette auszudrücken, ihren Fuß in den kaputten Schuh zu stecken und mit einem letzten Blick, der ihn durchdrang wie ein Peitschenknall, durch die Tür des Cafés für immer zu verschwinden.

Ich glaube, ich habe noch nie einen bescheuerteren Satz gesagt.

Ging aber nicht anders. Einerseits trug sie ihr sinnliches Spektrum wie auf einem Tablett oder auf einer Palette von der Tür zum Tresen, andererseits aber legte sie so eine Bedeutungslosigkeit zwischen sich und mich, dass ich plötzlich dachte, ich müsste unbedingt dem Ungleichgewicht mit Paramount entgegenwirken. Wie ein Pfeil sollte Paramount treffen in ihr gekühltes Herz!

Ich glaube, mit der gekühlten Erotik ist es im Grunde so: Die Berlinerin geht den Weg voraus. Wenn man dann hinterherläuft und plötzlich den ganzen Weg mit ihr bis zum Ende will, dann bleibt sie auf halber Strecke stehen. Das heißt: Es gibt Frauentypen oder Landesfrauen, die sind von vornherein erst einmal nicht so erotisch, aber die Berlinerin ist erst im Prinzip ziemlich erotisch, aber eben letzten Endes immer gekühlt. Deshalb wirkt sie so undurchdringbar. Wer nah vor dem Ziel scheitert, spürt das Scheitern besonders. Und es gibt ja die Geschichte von einem Mann, der vor den Mauern von Rom stand, einfach nicht hinüberkam und dann wieder in die Niederlande zurückwanderte. (Metapher!)

Oder so: Ein Feuer, das scheint durch Wände von Packeis.

Oder vielleicht so: Je länger man eine Berlinerin ansieht, desto ferner schaut sie zurück. (Aphorismus!)

Vielleicht ist der Weg der Berlinerin auch die Strecke zwischen Preußentum & Peitschenknall und Ruhm & Laster der einstigen Berliner Nächte? Vielleicht winkt auf der einen Seite verpflichtend der blaue Engel und auf der anderen ebenso verpflichtend Kaiser Wilhelm?

SEHR SCHWIERIGES THEMA!

Die Chefsekretärin würde jetzt sagen: »Mensch! Hier is alles durch'nander!«

Sachlich oder nicht sachlich? Gekühlt oder nicht gekühlt? Sentimental oder praktisch? Hingebungsvoll oder autark oder trocken oder warm? Nah oder fern? Materialistisch oder mütterlich oder metropolitan oder dörflich oder dornig?

Tödlich oder lieblich?

Wat is'n nu?

Ach, Berlinerin, was weiß ich, wo ist dein Stuhl?

6.

An alle: Tür'n uff! Rausjehn! Selba kieken!

24 Für Juliane B.

Am Karfreitag lief im Stadtradio des Senders Freies Berlin ein Beitrag vom »phönizischen Rundfunk Tyros«. Diese Sendung mit dem Thema »Chronik eines angekündigten Todesurteils« moderierte die Journalistin Juliane Bartel. Als sie an der Sendung zum Prozess Jesu zu arbeiten begann, ahnte sie nichts vom erneuten Ausbruch ihrer Krankheit. Vierzehn Tage später beendete sie die Moderation im Krankenhaus Waldfriede in Berlin-Zehlendorf. Karfreitag, am Tag der Ausstrahlung, war sie bereits eine Woche tot. Es war ihre letzte Arbeit.

Und es war, und das ist das Schöne, eine Sendung, die ihrer Sehnsucht entsprach. Drei Stunden Zeit und keine bunte Mischung, kein »Hopplahopp« oder »Tschatschatscha«, wie sie sonst den neueren Sendetakt nannte, sondern eine Konzentriertheit und ein Kreisen um ein richtiges Thema, in diesem Fall um das Urthema. Juliane Bartel berichtete gewissermaßen live aus dem Jahre 32.

So hätte man sie sich auch gut vorstellen können: in einem Tempel an der Küste Palästinas, oben auf dem Dach eine Sendeantenne und dann die Bartel neben Studiogästen wie Pontius Pilatus, dem römischen Prokurator von Judäa, Petrus, Johannes oder anderen Aposteln. Ihr Haar wie immer streng nach hinten gekämmt, der Kopf leicht geneigt und angelehnt an den linken Zeigefinger, als einziges modernes Accessoire eine Zigarette mit Zigarettenspitze – und auch Nero hätte auf ihre roten Lippen gestarrt. Ja, das wären ihre idealen Gäste gewesen.

Sie liebte archaische Menschen, eckige Menschen oder solche mit klaren Konturen und wirklichen Abgründen. Mit Tiberius oder Seneca zum Beispiel hätte sie über ihre wirklichen Themen sprechen können: über Wahnsinn und Liebe, über Ehrgeiz, Ruhm, wahres Leben, Philosophie, Heimtücke und auch über gutes Essen und richtige Feste mit richtigen Männern, vielleicht auch über Tango!

Stattdessen lebte sie im Zeitalter des Hopplahopp. Sie verabschiedete sich 1989 vom Rundfunk mit den Worten: »Ich singe doch nicht den Wetterbericht«, und das klingt ja heute nicht nur sinngemäß. »Juliane B.«, die legendäre SFBeat-Stimme der 60iger Jahre, verweigerte sich dem neuen Sendeprinzip und wechselte ausgerechnet ins Fernsehen. Hatten andere Talkshow-Moderatoren längst damit begonnen, nur noch die Oberflächen ihrer Gäste abzuschöpfen, verhielt sie sich in der Bremer Sendung »III nach Neun« wie ein Fernseh-Dinosaurier. Wenn sie durch die Oberfläche hindurch einen interessanten Punkt ihres Gastes getroffen hatte, dann bohrte sie sich mit ihrer wirklichen Neugierde immer tiefer und tiefer. Da konnten die Redaktionsassistenten noch so mit ihren »Übergang! Übergang!«-Schildern herumwedeln, Frau Bartel sprach mit Herrn Otto Graf Lambsdorff und es war nur noch eine Frage der Zeit, wann sie die Decke zärtlich wegzog und man in einer heutigen Talkshow noch einen Menschen sehen konnte.

Das war ihre Stärke: zärtlich die Decke wegziehen, um zu gucken, was darunter ist. Sie hatte dabei so etwas wie ein Kompositionsprinzip. Entweder fiel sie gleich mit der Tür ins Haus oder sie hielt so lange ihre wärmenden Hände hin, bis es auch ohne Decke ging. Man nannte sie dafür abwechselnd die barsche oder die sensitive Journalistin. Natürlich war sie beides, auch deshalb, weil sie nicht besser das Wesen der Berlinerin erfüllte: Auch die Bartel musste ihre große, große Wärme mit ihrer Kühle abschrecken, sonst wäre sie regelmäßig zerschmolzen.

Natürlich war sie eitel. Aber sie war anders eitel als so viele in diesem Gewerbe. Wo viele nur noch ihren Erfolg in den Augen anderer spiegeln und sich durch ihn versiegeln, sodass nichts mehr durchkommt an Offenheit und Interesse für andere – Juliane Bartel konnte ihre Neugierde manchmal gar nicht zurückhalten.

Ihre Neugierde öffnete sie, da gab es so eine Art Ziehbrücke, die sie in ihrem Schloss sitzend herunterließ und auf der man dann in ihre offenen Arme laufen konnte. Da stand sie dann immer wie eine große weise Mama: »Junge, wer war die Frau von neulich? Ich sage: Guck dir die nochmal genau an!« Oder: »Stehen bleiben! Hinsetzen! Und nun erzähl mal ganz von vorne!« Sie wollte immer alles ganz genau wissen. Hinter der Kamera. Vor der Kamera. Fast immer.

So eine wird fehlen. Auch ihre schöne, tiefe, rauchige, aber so ungemein fließende Stimme. Was war das für eine Stimme! Im phönizischen Rundfunk Tyros war sie also noch einmal am Karfreitag zu hören. Sie unterhielt sich mit einem Gast am Schluss der Sendung über den Abschied und den Tod von Jesus Christus. Dann sagte sie: »Sehr verehrte Damen und Herren, unsere Sendezeit geht zu Ende«, und man spürte, dass es nicht mehr das Studio war, in dem dies aufgenommen wurde.

Ihre allerletzten Worte aber galten einer Anruferin, mit der sie über Ostersonntag sprach. »Ich wünschte«, sagte sie, »wünschte wirklich, Sie würden mich übermorgen lachend anrufen und sagen: Juliane Bartel. Es ist wahr. Er ist auferstanden.«

Dann machte sie eine lange Pause und gab weiter zu den Nachrichten.

25 Der kleine König

Auf dem Alexanderplatz in Berlin steht ein großer Stuhl an der Außenwand der Bahnhofshalle, davor ein Mann mit grauen Haaren, schwarz gebrannter Haut, auf dem Boden Lappen, Bürsten, diverse Schuhe und Dosen.

Ein kleiner Junge hat auf seinem Stuhl Platz genommen und hält feine Lackschuhe hin. Als der Mann seinen Lappen nimmt und zu arbeiten beginnt, beginnen auch die Augen des Jungen zu glänzen. Ein stolzes Lächeln liegt auf seinem Gesicht, und sein Blick sucht die Beobachtung der Passanten. So habe ich das einmal in Rio de Janeiro gesehen. Einige Geschäftsmänner, die sich in belebten Straßen auf den erhöhten Stuhl setzten, vor ihnen kniete der Putzer, und sie saßen da wie Herrscher und beobachteten die Blicke der anderen, die sich wahrscheinlich selbst die Schuhe putzen mussten.

Als der Junge auf dem Alexanderplatz meinen Blick bemerkt, zieht langsam Röte in sein Gesicht. Schnell verschränkt er die Arme vor der Brust und wendet den Kopf zur Seite. Der Schuhputzer arbeitet, poliert, und der Junge strahlt und thront jetzt wie ein König.

Plötzlich hat der Mann seine Arbeit beendet, hebt die kleinen dreckigen Füße des Jungen aus den glänzenden Schuhen, reiht das geputzte Paar in die Reihe anderer, nimmt den Jungen aus dem hohen Stuhl und setzt ihn zwischen die Schuhe auf das Pflaster.

So arbeiten die Schuhputzer mit ihren Söhnen in China und Lateinamerika. In Berlin sind die beiden seit gestern. Sie kommen aus einer Schuhputzerfamilie in São Paulo. Und in Berlin sind sie bestimmt die ersten.

26 Mein Gott, was für eine Welt!

Für Diana und den Papst

Das Ehrlichste in den ereignisreichsten Fernsehtagen dieses Jahrhunderts war vermutlich der Wind.

Als ich für die größte Beisetzung in der Geschichte der Menschheit anschalte, sehe ich, wie das rote Trauergewand eines Kardinals in das Gesicht eines anderen weht und dessen geistliches Haupt völlig verhüllt. Hektisch reißt dieser das Gewand des Kollegen vom Kopf und wirft dem anderen sein Ornat wieder zu. Kardinal Ratzinger, der Weihrauch schwenkend den Altar abschreitet, weiht einzig und allein die spanische Königin Sofia, der der Rauch so konsequent ins Gesicht weht, dass sie husten muss.

George W. Bush, der sich eine intellektuelle Lesebrille aufgesetzt hat, die genauso aussieht wie meine von Eduscho, sitzt in zweiter Reihe da und will die Liturgien interessiert mitlesen, dreimal aber weht ihm die Trauerschleife von Bernadette, der Gattin von Chirac, auf die Lesebrille, zweimal bei RTL, einmal im ZDF. Bei n-tv sieht man einmal, wie Jaap de Hoop Scheffer von der NATO das arabische Kopftuch von König Abdullah II. von Jordanien um die Ohren kriegt, als der mit beiden Händen Präsident Kabila aus dem Kongo begrüßt.

Was hier auch an Welten-Gräuel und Welten-Krach zusammenkommt! Tony Blair, Bush mit Vater und dem Bündel ihrer Kriege, ein paar Reihen weiter der iranische Präsident, der israelische, der palästinensische; Simbabwe, Nigeria,

Türkei, Taiwan, Kongo, die NATO, die Arabische Liga usw. Wenn jetzt ein kleiner buddhistischer Chemiker irgendwo im Tibet zusähe und die hohe, mächtige Christenheit mit dem Karma der auf dem Petersplatz versammelten Prominenz einfach mal chemisch verbinden könnte, dann würden wahrscheinlich alle Buddhas der Welt explodieren und der Heiland vor Schreck von allen Kruzifixen fallen.

Außer den Pilgern hätte nur der Wind teilnehmen dürfen.

Noch nie waren mit Schröder und Fischer so viele deutsche Ehebrecher bei einer Papstbeerdigung; dazu Prinz Charles, der Samstag Camilla Parker Bowles heiratet (ARD), was sogar die eigene Mutter boykottiert; der österreichische Bundeskanzler mit dem Schatten seiner ganzen katholischen Sexmonster; über allem F16-Kampfflugzeuge, Awacs und Hubschrauber! Dass Kardinal Ratzinger überhaupt einen Psalm über die Lippen bekommt! Dann Stoiber und Merkel, die in der letzten Reihe der Staatsgäste garantiert mehr über den Wahlkampfauftakt in NRW am Samstag (n-tv) diskutieren als über den Pontifex, irgendwo am Rande sehe ich kurz Pelé, den Fußballgott, und Otto Sander; einmal wird auch gesagt, Thierse sei da, aber dann wurde nicht mehr davon gesprochen. Bei den ganzen Bärten, die hier zusammenkommen, kommt man schnell auf die Idee, auf jeden Fall hätte Thierse gut getan, der strahlt Ruhe aus.

Gott, diese Hetze! Bei N24 und n-tv laufen bereits die Untertitel, »Breaking News«: »Prinz Charles und Camilla – die Hochzeit in Windsor«. RTL oder SAT1 berichtet mitten in die Liturgie hinein, Prinz Ernst August, der Urenkel Kaiser Wilhelms II. und Gatte der Prinzessin von Monaco, läge im Koma, ob Prinz Charles denn da trotzdem morgen einfach heiraten könne, zumal ja auch der Fürst Rainier III. gerade erst tot sei, wann wird der eigentlich begraben? Der RBB kündigt die Trauerfeier für Harald Juhnke mit Thomas Gottschalk und Klaus Wowereit an, das hat das ZDF auf den Samstagmorgen vor »Die Hochzeit von Windsor« gelegt, die vom 8. auf den 9. rückte wegen des Papstes, was bei einer 30-jährigen Affäre von Charles und Camilla vielleicht jetzt auch egal ist, zudem hätte sich ja Tony Blair nicht zerteilen können. Zurück zum Papst, der ist ja noch nicht mal in der Gruft!

Immer noch weht der Wind die heilige Schrift auf seinem Zypressensarg hin und her, und einmal sieht die Schrift mit zwei sich aufrichtenden Seiten aus wie eine Möwe, die gleich aufsteigt und sich über dieses ganze schauerliche Karma, den Medienstau und die liturgische Großinszenierung erhebt, die mittlerweile aussieht wie der Rosenmontagszug in NRW, weil ständig irgendwelche Kostüme von links nach rechts und von oben schräg nach unten durchs Bild laufen. Eigentlich ist das ja schön, die römisch-katholische Kirche lädt die ganze profane Welt zu einer seltenen Stunde des Weltfriedens und der eucharistischen Großgemeinschaft ein, aber dann hätte man sich in den vatikanischen Grüften zusammensetzen müssen und nicht vor Milliarden von Fernsehzuschauern, das ist ja der wichtigste Pressetermin für Politiker seit 25 Jahren! Ein bilaterales Abendmahl im Verborgenen hätte man noch geben können, darauf hätte der Papst bestehen müssen.

Ich sehe mittlerweile nach der 17. Beisetzungszusammenfassung aus Rom nahtlos die Beisetzung von Harald Juhnke in Charlottenburg, Gedächtniskirche, Moderation Nina Ruge. Es ist ein bisschen komisch, von Beisetzungsgästen wie Viktor Juschtschenko, Kofi Annan oder Bill Clinton plötzlich auf Walter Momper, Eberhard Diepgen oder Atze Brauner innerlich umzuswitchen, aber bei der Gelegenheit fällt mir auf, dass Otto Sander definitiv nicht beim Papstbegräbnis war, das habe ich durcheinander geworfen, ich dachte, Lech Walesa sei Otto Sander.

Ich bin bewegt. Die Trauerfeier für Juhnke ist wirklich bewegend. ZDF-Intendant Schächter spricht wahre Worte über unsere Gier nach dem Publikum, unsere Droge Erfolg, den wir über alles stellen, vielleicht sogar über die Liebe. Man sieht das dem ersten Sohn von Juhnke an, der sich bemüht, den feierlichen Rahmen zu wahren, aber innerlich voller Spannungen ist, wenn er über seinen Vater spricht und sein Interesse an den Dingen, die außerhalb seiner Welt lagen. In Anbetracht der reinen Symbolsprache, mit welcher der Katholizismus in Rom über alles bombastisch hinweginszenierte, ist die Ehrlichkeit des Juhnke-Sohnes wie eine Erdung von Welt. Mit Schwächen. Mit Fehlern. Mit einem Menschen.

Wie sehr habe ich mich inmitten des medial-liturgischen Einbalsamierens danach gesehnt, dass Kardinal Ratzinger plötzlich wirklich von Karol Wojtyla spricht, so wie der Juhnke-Sohn von seinem Vater. Ich weiß schon, dass das natürlich nicht geht, und Kardinal Ratzinger ist mit seiner Bemerkung »Jetzt steht Johannes Paul am Fenster des Hauses des Vaters und sieht uns und segnet uns« menschlich bestimmt sehr weit gegangen, aber wenn ich da an die schönen Geschichten denke, die uns mein alter polnischer Theaterprofessor in Gießen erzählte. Er, also mein Professor, Marcel Reich-Ranicki und der Karol Wojtyla, die seien die absolut charmanteste Aufreißer-Gang von Warschau gewesen und wenn einer mal leer ausging, dann Reich-Ranicki, aber nie der Papst.

»Wer ohne Sünde ist, der werfe den ersten Stein!« Ja, solche Geschichten würden uns an den Glauben und an das Menschliche trotz der späteren gigantischen institutionellen Verkörperung heranführen, das muss ja nicht so weit gehen wie bei Juhnke oder Prinz Charles, aber man kann ja auch mal Emotionen mit einer Geschichte, mit Worten hervorrufen. Nicht immer mit Bildern, mit Atmo. Ich glaube, es war RTL, die den Einspieler »Stationen des Papstes« mit sakralem Technosound unterlegten, den hab' ich auf meiner CD »Buddha-Bar, number 3«. Aber RTL ist da, denke ich, schon etwas stilsicherer geworden, die Kinder in der Tsunami-Katastrophe haben sie ja noch zusammen mit n-tv in italienischen Opernarien ertrinken lassen.

Gerade spielt Paul Kuhn am Flügel für Harald »I did it my way«, das ist sehr schön, ich schalte aber kurz um auf Edmund Stoiber beim Wahlkampfauftakt in NRW, also dass der gestern noch beim toten Papst war, da ist ja gar nichts von zu merken! Wie fies der dem Fischer, mit dem er doch gestern noch zusammen gebetet hat, die VISA-Affäre und die ukrainischen Nutten um die Ohren haut, schlimm.

Ich schalte um auf Rolf Seelmann-Eggebert, den Adelsexperten der ARD, der gerade erklärt, die Queen habe gegen Camilla Parker Bowles nicht im Entferntesten so viel wie Stoiber gegen Fischer, aber sie wolle lieber in der BBC das »Grand-National«-Pferderennen sehen, das ließ sich nicht mehr verschieben.

Mein Gott, was für eine Welt. –

Ein Sohn, der 30 Jahre verliebt ist, verschiebt seine Hochzeit, weil der Papst stirbt, die Mutter geht aber einfach zum Pferderennen. Ein Fürst in Monaco wird angeblich künstlich weiter am Leben gehalten, damit er nicht gleichzeitig mit dem Papst über die Schwelle tritt, weil dann würde er ja in den Medien verschwinden. Es wird nach Sendeplätzen gestorben, beerdigt und geheiratet, und wenn's irgendwo mit den Kapazitäten zu eng wird, dann wird eben gegen den höheren Willen entschieden, denn der öffentliche Tod ist ein Meister des Marketings, an den sich von den Bushs über Merkel bis zu Atze Brauner oder Nina Ruge alles dranhängt, was Erfolg haben will, weil der Erfolg, wie es Schächter vom ZDF bei Juhnke sagte – er steht über allem. (Das war jetzt meine Kardinal-Ratzinger-Phase!)

Ich schalte um auf den Kinderkanal und sehe einen Film über Pinguine. Ich werde nicht mehr nach Windsor zurückschalten, sondern den Pinguin-Film zu Ende gucken.

Man hat herausgefunden, dass die Pinguine reihenweise in der Antarktis umfallen, wenn ein Flugzeug über sie hinwegfliegt. Sie verlieren dann ihr Gleichgewicht und fallen einfach um. Ich habe sehr lange Kinderkanal geguckt, bis in den »Tigerenten Club« hinein, aber immer überlegt, für was dieses Bild der umfallenden Pinguine stehen könnte.

Nach dem nun jüngst entbrannten Streit zwischen ARD und ZDF um die Übertragungsrechte für die Beisetzung von Fürst Rainier am kommenden Freitag kann ich die Pinguine sehr gut verstehen.

27 Bei den Göttern zum Yogi-Tee

Das Einzige, was einen vermuten lässt, dass es vielleicht doch nicht das Paradies ist, sind die Stechmücken.

Es ist Jahrhunderte her, da kamen auf Bali drei heilige Hindu-Männer, die Begawanthas, in ein Urwald-Tal mit Fluss, um zu meditieren.

Sie zogen die Einwohner von den Küsten an, man begann Reis-Terrassen um dieses Tal herum anzulegen und so entstand Begawan Giri, ein Ort von heute 600 Einwohnern, die nicht nur dieses Traumland hatten, sondern auch noch in östlicher Richtung den Sitz der Götter, Gunung Agung, einen 3000 Meter hohen Vulkan, dazu die Quellen, die laut deutscher Radiaesthesie (Strahlenmessung) für die besten in Indonesien gehalten werden, es heißt: »Rechtsdrehende Wassernebel durch die Zerstäubung beim Wasserfall«, also wenn das nicht gesund klingt.

Vor etwa 10 Jahren kamen dann die Engländer Bradley und Debbie Gardner nach Bali, machten Picknick in diesem Tal, verkauften danach ihr Modeschmuck-Imperium in Asien und erwarben das acht Hektar große Land mit Fluss und Quellen und eigentlich erwarben sie auch den Sitz der Götter, weil man den von Begawan Giri aus besonders gut sieht.

»Hello, this is Bodi, the Butler, where do you want to have breakfast?« Bodi ist der stellvertretende »Head-Butler«, ausgebildet vom Begawan-Master-Butler, der wiederum an der berühmten britischen Watson-School für das Butlertum geschult wurde. Bodi sagt, er könne »Breakfast« überall servieren, im heiligen Pool mit rechtsdrehendem Quellwasser, unten am Fluss, zwischen kaminfeuerroten »African tulip-flowers« oder auf einem Baum. Schwierig würde es nur mit dem Sitz der Götter, da könne er nicht garantieren, ob das Rührei noch warm ist. Bodi, der vermutlich charmanteste Butler der Welt, ist der Stellvertreter Balis in Begawan Giri. Langmut, Humor, Kreativität – und das ewige Lächeln, das auf Bali anscheinend immer natürlich und herzlich ist. Außerdem hat Bodi eine Breakfast-Assistentin, die heißt Sodi, hätte Gauguin sie gesehen, er hätte sie sein ganzes Leben gemalt.

Breakfast heute in der Residenz Tirta Ening, genannt »Clear Water«. Tirta Ening ist eine der fünf Residenzen, welche die Gardners alle in die Hänge haben bauen lassen. Bautechnisch ist das schon sehr verblüffend, aber architektonisch ist alles ein Wunderwerk in Teakholz aus Java. Jede Residenz, so plante es der Architekt Jeffrey Bauer aus Sri Lanka, hat vier oder fünf Suiten, sodass man auf insgesamt 21 voneinander trennbare Wohnbereiche kommt, die alle miteinander im Zeichen der Elemente stehen. Neben Clear Water gibt es noch Tejasuara, die Feuer-Residenz (Sound of Fire); Bayugita, die Residenz des Windes (Wind-Song); das Thema Erde variiert Umabona (House of the Earth Son), und Wald als Zusatz-Element haben wir in der Wanakasa-Residenz (Forest in the Mist), da guckt man aus dem Master-Bed-Room genau in den Urwald.

Das Irre ist, man sieht die Villen gar nicht. Wenn man ankommt, sieht man nur das Tal, den Himmel, die Götter und fragt sich, wo Bodi eigentlich mit dem Koffer hinwill, aber dann eröffnet sich plötzlich, ein paar Treppenstufen ins Tal hinuntersteigend, der Begawan-Kosmos: Alle Residenzen mit ihren Villen sind ein ständiges Wechselspiel aus Pracht und Eleganz, wobei das Prächtige weder aus Marmor noch Goldgeschnörkel, sondern nur aus großzügigen, raumöffnenden Flächen besteht und die Eleganz sich ausdrückt in den schönsten Antiquitäten, die es wahrscheinlich auf der Welt gibt.

In manchen Hotels lässt man ja Seifen mitgehen oder mal ein größeres Badezimmer-Accessoire, aber hier würde man am liebsten die gesamte Raumausstattung über den Indischen Ozean nach Hause fahren.

Schwierig wird das mit den Badewannen. In der Wasser-Residenz haben die Gardners auch einen 1000 Jahre alten und sechs Tonnen schweren Stein aus der Nähe vom Sitz der Götter anschleppen, ihn sechs Monate ausmeißeln lassen und daraus eine Badewanne gemacht, die jetzt im Wassergarten steht. Wenn man dann im Kerzenschein in dieser Wanne sitzt, wird man erst mal ohnmächtig vor lauter uralter Götter-Kraft, in der man badet, und dann auch noch das ganze rechtsdrehende Heilwasser!

Wenn man eine Führung durch Begawan Giri macht, ist einem nach den fünf Residenzen schwindelig. Wie soll das sein, wenn man demnächst wieder in der Fußgängerzone ohne Bodi und Sodi im Ibis-Hotel sitzt? Daran erinnert einen nämlich jeder Moskito-Anflug, dass man doch auf der Erde ist und dass es ein Leben nach Begawan gibt mit Ibis-Hotels und deutschen Teppichlegern. Für einen parkettliebenden Menschen ist Begawan Giri einfach zu viel. Diese endlosen Teakwood-Parkett-Wege, die immer irgendwo nahtlos übergehen in Pool-Flächen, in denen man, ohne je eine Kante zu sehen, dem Urwald, dem Tal oder Sitz der Götter entgegenschwimmt.

Auf dem Klo zu sitzen ist auch historisch bedeutend. In der Bayugita-Residenz zum Beispiel, da sitzt man über einer original viktorianischen Kloschüssel von 1870, die haben vermutlich auch Prinz Albert und Viktoria benutzt. Und noch einmal Steine. Mr. Gardner sah in Sumba selten schöne Steine, die seiner Meinung nach gut zum Feuer in der Feuer-Residenz passen könnten. Dann ließ er 1200 Tonnen Stein mit Schiffen nach Bali und mit 50 Transportern ein Jahr lang über den Sandweg nach Bagewan karren. Was für eine Besessenheit.

Wenn man heute Mr. Gardner im Teakholz-Kudus-Haus gegenübersitzt, ein Haus, das 110 Jahre alt ist und so, wie es ist, von Java hierhergebracht wurde, dann wirkt Mr. Gardner mit seiner kleinen runden Brille und den leuchtenden Augen wie eine Mischung aus Mahatma Gandhi und Klaus Kinski in »Fitzcarraldo«.

»Menschen haben Leidenschaften«, sagt er, »ich habe diese.« Der Begawan-Begriff der »splendid isolation« fällt und Mr. Gardner fragt, ob ich denn überhaupt schon einen Menschen gesehen habe, einen anderen Gast?

Ja, aber ich habe mich hinter einer African-Tulip-Flower auch auf die Lauer gelegt, weil ich ja wissen will, wer sich das hier leisten kann. Man konnte beobachten, wie die anderen Butler und der indische Head-Butler alle Gäste wie Lotsen beim internationalen Flugverkehr aneinander vorbeirangierten, sodass jeder das Gefühl hatte, hier ganz allein zu sein.

»Ich muss nach Singapur«, sagt Mr. Gardner, steht auf und fliegt nach Singapur, wo er auch lebt und gerade mit Architekten ein neues Begawan am Meer entwirft, was alle Rekorde brechen soll.

Eine Nacht in Begawan-Giri kostet zwischen 495 und 2950 Dollar in der Royal-Suite der Umabona-Residenz, da kann man vom 68 Quadratmeter großen Badezimmer aus gleich in den ins Endlose weisenden Pool gleiten. Wenn man die ganze Residenz inklusive aller Master-Dining-Rooms und Master-Bath- und Master-Bed- und Tea-Rooms für eine Nacht haben will, geht es bis 4400 Dollar. Für eine Nacht. Dafür sitzt man aber im absoluten Funkloch. Es gibt, so erklärt mir der belgische Hotelmanager, tatsächlich Menschen, die das buchen.

Einmal, als ich mich auf die Lauer legte, meinte ich einen Popstar hinter dem Head-Butler herlaufen zu sehen, ansonsten sah ich mit dem Fernglas vorwiegend Japaner in heiligen Wellness-Quellen sitzen mit Gurken- und Ginger-Masken.

Es ist absurd. Bodi verdient 30 Dollar im Monat, wie die meisten Balinesen, denen es noch ganz gut geht. Wenn der Japaner mit der Gurkenmaske in der Umabona-Royal-Suite übernachtet, müsste Bodi dafür 98 Monate arbeiten, wenn er die ganze Residenz komplett mietet für eine Nacht, kann Bodi weitere 146 Monate beschäftigt werden.

Und da wundert man sich dann auch gar nicht, wie die ganzen Paläste in Asien entstanden sind!

Bodi fragt mich, ob man in Deutschland noch Karl Marx lese. Karl Marx hätten sie letzte Woche gerade in der Begawan-School gelesen, sagt Bodi, denn Mr. Gardner hat im Gegensatz zu den globalen Ausbeutern mit seinem Geld auch eine Schule gebaut, in der die Dorfbewohner und die Butler und Angestellten also auch noch Karl Marx lesen, während ein paar Hundert Meter weiter die Leute 4400 Dollar schlafend auf den Kopf hauen.

Mr. Gardner hat dem Dorf auch Elektrizität gebracht und eine Straße gebaut, damit man überhaupt durch den Urwald in dem Dorf ankommt. Es gibt einen Kindergarten, daneben ein Krankenhaus, außerdem gibt es eine Kunst-Akademie für die, die Maler oder Tänzer werden wollen. Mr. Gardner denkt an alles. Auf Bali ist der besonders schöne weiße Bali-Vogel vom Aussterben bedroht. Mr. Gardner kreuzt seit einiger Zeit ein paar der Übriggebliebenen und hat mittlerweile in einem Master-Starling-Areal 2000 weiße Bali-Vögel, für die ihm der Konrad-Lorenz-Award gebührt.

Wenn unsere Finanzgiganten in Europa so etwas mal hinkriegen würden. Man möchte am liebsten den Herrn Ackermann von der Deutschen Bank am Kragen packen, durch den Urwald schleifen und dann mit ihm in die Begawan-Schule zur Marx-Lektüre, oder seinen Kopf ins Master-Starling-Gehege stecken, damit er mal sieht, was es sonst noch so an Werten gibt, das sind Vögel, Herr Ackermann, die kann man mit Geld auch erschaffen, und jetzt gehen wir mal in die Kunst-Akademie, mit den Eingeborenen ein Bild malen! Danach darf er zur Belohnung in die Royal-Suite, da wird ihm dann das Funkloch den Rest geben.

So.

Es gibt natürlich auch den Spa-Bereich, also Wellness, alle Welt drängt es ja jetzt zur Wellness. Wer jemals das Glück hatte, mit dem Hotelmanager eine Javanese-Mandi-Lulur-Behandlung auszuhandeln (für die trotzdem immer noch ungefähr eine Marx-Gesamtausgabe angeschafft werden kann), der ist künftig für jede heimische AOK-Massage verloren. Gauguin-Mädchen mit Wunderhänden in balinesischer Technik mit schwedisch-orientalischen Pressur-Elementen. Danach Baden in Blumen mit Yogi-Tee in geneigter Wanne mit Blick aufs Tal der Götter.

Wie und wo soll es besser werden?

Das hat sich wahrscheinlich auch Bodi gefragt, als nach einigen Tagen auf den endlosen Teakwood-Parkett-Flächen einsam der gepackte Koffer stand. Bodi trug ihn dann weit über Begawan Giri hinaus über die Insel in Richtung eines Reisfeldes, auf dem eine Hütte stand. »Da wohne ich nun«, sagte ich Bodi, »ich kann jetzt meine Koffer über das Feld selbst tragen«, aber Bodi gab den Koffer nicht mehr her bis zur Hütte.

Er wollte einfach sehen, wie das ist, wenn man wieder auf der Erde landet.

28 Wo bleibt bei Frühbuchern die Sitzplatzgarantie, Sie Trottel?

Ich bin auf dem Dorf groß geworden, und da ich den Geruch von Benzin liebte, saß ich oft vor den Tanksäulen der einzigen Tankstelle und sah zu, wie die Dorfbewohner tankten.

Herr Stelljes kam immer freitags um vier Uhr nachmittags, tankte 20 Liter, bezahlte bar und fuhr weg.

Herr Lütjen tankte dienstags um halb zwei, manchmal, wenn Frau Lütjen Nachtisch zubereitet hatte, auch erst um viertel vor zwei, normalerweise aber gab es mittwochs und sonntags Nachtisch, und nur wenn sie sich im Wochentag geirrt hatte, kam Herr Lütjen erst um Viertel vor.

Als viele Jahre später die Deutsche Bundesbahn ein neues Bahncardsystem einführte, war ich – ich trau's mich kaum zu sagen – begeistert.

Ich hatte sogar überlegt, für Tankstellen eine so genannte Tankcard zu entwickeln, womit man preisgünstiger tanken kann, wenn man sein Tanken sieben oder drei Tage vorher anmeldet und sich eventuell auch auf eine Tankmenge oder eine Säule festlegt, weil dann der Tankwart Stauzeiten vor den Säulen besser absehen und durch Plan&Spar-Rabatte auf Tage wie dienstags um halb zwei besser umverteilen kann.

Dass dann der Bahnchef und sein neues Plan&Spar-Preissystem so kritisiert wurden, fand ich irritierend. Irritierend fand ich auch, dass sich plötzlich verkehrspolitische Sprecher der FDP und CDU und Beauftragte der Deutschen Bahn ge-

genüberstanden und anschrien mit Worten wie: »Ich bin Spontanfahrer!«, »Flexibilität, Flexibilität!« oder »Wo bleibt bei Frühbuchern die Sitzplatzgarantie, Sie Trottel?«

Ich persönlich bin nicht mit »Flexibilität« aufgewachsen, sondern mit Herrn Lütjen und Herrn Stelljes. Mit »Spontanfahrern im Schienenverkehr« habe ich nicht gerechnet.

Ich dachte, die Menschen, also die deutschen Menschen, die tanken nach Plan, sie versichern sich nach Plan, sie entsorgen Altglas nach Plan, sie sparen, scheiden und bauen Zäune und Mauern nach Plan, sie spielen Fußball nach Plan und eigentlich leben sie auch und reinigen und machen Karriere nach Plan, auf jeden Fall aber benutzen sie Plan&Spar von der Bahn, und wenn was dazwischenkommt, dann ist es der Nachtisch von Frau Lütjen.

Zu Zeiten von Berti Vogts, Helmut Kohl oder Norbert Blüm hätte alles noch wunderbar geklappt, da bin ich mir sicher: schnelles Umdenken bestrafen und die belohnen, die sich festlegen und Hin- und Rückfahrt einhalten, aber jetzt, was ist passiert?

Das Leid an den Börsen, Streikabbrüche, der Schmerz des aufkommenden Reformbewusstseins inklusive einer Tilgung der Eigenheimzulage und der Entfernungspauschale – war das unser Schlüssel zum Wandel und der Niedergang von Plan&Spar? Haben wir Deutschen uns wirklich gewandelt?

Das wär ja was.

Nun müsste der Bahnchef nur noch verkünden, dass unsere Züge jetzt konsequenterweise ganz ohne Fahrplan fahren. Wer irgendeinen Zug nimmt, der irgendwo hinfährt, der bekommt 95 Prozent Rabbat! Das würde uns gut tun.

PS: Und bei Herrn Lütjen würde ich dafür sorgen, dass nächsten Dienstag um halb zwei der Nachtisch von seiner Frau überraschenderweise aus der Tanksäule kommt.

28 Als meine Nation ihr Finanzloch entdeckte

Das Bild, das ich dieser Tage von Deutschland habe, ist dies: Ein Mann und eine Frau sitzen bequem in einem Raum vor einem Kühlschrank und fressen seit der Wahl von Dr. Helmut Kohl 1982 ohne zu denken vor sich hin. Und plötzlich, nach ungefähr 20 Jahren, sitzen beide mit dem Rücken an der Wand, der ballonartige Bauch ist direkt und ganz platt an den Kühlschrank gepresst und sie kriegen die Tür einfach nicht mehr auf.

Und dann sitzen sie ganz lange ganz blöd da, bis es irgendwann wieder geht. Sie fragten sich allerdings auch, als sie da so saßen und nicht aßen: Wie lange hält sich denn der Kirschkuchen und die Tiefkühlpizza? Was werden wir noch essen können, wenn die Zeit des Abspeckens, des Denkens und der grundlegenden Reform beendet ist? Oder kommt man auch irgendwie ohne Abspecken wieder an den Kühlschrank ran?

Und plötzlich sehe ich unser deutsches Pärchen in den komischsten Verrenkungen. Die fette Frau versucht sich auf den Kopf des fetten Mannes zu setzen, sodass im Raum neuer Platz geschaffen wird, der dann dem Aufziehen der Türe zugute käme. Wenn's klappt, sitzen sie dann übereinander und fressen weiter, aber das ist ein so furchtbar improvisatorischer Anblick, der ja auch irgendwie suggeriert, dass es so wirklich nicht ewig weitergehen kann.

Als BSE auftauchte, haben wir Deutschen wochenlang darüber gelesen. Unsere Schriftsteller haben den Niedergang der Menschheit durch Menschenhand via Rind beschrieben.

Dann kam die PID-Debatte (Präimplantationsdiagnostik, falls jemand überhaupt noch weiß, was das ist). Wir lasen, wie wir uns durch Biotechnologie erst klonen und dann in Darwinismus verfallen und schließlich selbst ermorden werden.

Dann kam der 11. September und wir lasen, dass nichts mehr sein werde, wie es war, und dass wir bis an unser Lebensende betroffen und proamerikanisch leben müssten, sogar die Linken. Mittlerweile aber essen wir alle wieder Rind, Biotechnologie (wo ist da bitte das Problem?) und offiziell sind wir von »proamerikanisch« Gott sei Dank gerade mal eben eher das Gegenteil. Besteht da also die Hoffnung, dass auch das deutsche Finanzloch, über das wir uns jetzt alle so lautmalerisch beugen, ein vorbeieilendes Gespenst ist, das in einer gewissen Zeit kein Mensch mehr simsalabim sehen wird, sodass wir endlich wieder, wie unser Pärchen, mit Bewegungsfreiheit vorm Kühlschrank sitzen und in Ruhe weiteressen können?

Wir Deutschen sind periodisch denkende Hysteriker, deren Gabe vielleicht allenfalls in der Weimarer Klassik die Weitsicht war. An dem Rind, das wir heute essen, werden wir erst in 30 Jahren wahnsinnig; die PID-Gesetze, die jetzt fast unter Ausschluss der Öffentlichkeit verabschiedet werden, schlagen wahrscheinlich noch vor dem BSE-Wahnsinn zu. Das wäre dann auch ungefähr die Zeit, wo die jetzige Rentenreform die heute jüngeren Menschen killt. Aber bis dahin ist doch noch Ruhe, Leute!

Wir Deutschen sind eine komische Mischung aus Hektik und Starre. Wie die Irren turnen wir um das Finanzloch herum, unser Geist gebiert berauschend schreckliche Szenarien, aber bald legen wir ein schwarzes Tuch über das Loch, und es wird weg sein. Es ist nicht wirklich weg, keinesfalls, aber im öffentlichen Geiste wird es weg sein.

Die FAZ hat geschrieben, dass wir auf dem Weg seien zu einer »westlichen DDR« und dass das Volk jetzt auf die Straße müsste, einen Steuerboykott und Revolution machen. Die

FAZ hat sogar dazu aufgefordert, was allerdings nicht geschehen wird, denn aus der Mischung von Hektik und Starre erhebt sich kein Volksaufstand. Der Leipziger Revolution lag keine periodische Panik zugrunde, sondern 40 Jahre DDR. Wenn wir Deutschen jetzt 40 Jahre jedes Jahr mehr Steuern zahlen müssten und die Rentner uns dabei von Mallorca aus braun gebrannt zuwinken würden, dann würden wir uns vielleicht zur Revolution entschließen. Vorher nicht. Vorher sitzen wir lieber starr vorm Kühlschrank und überlegen, wie wir auch ohne grundlegende und wirkliche Veränderung an die Pizza kommen.

Wir Deutschen haben diese Regierung übrigens auch verdient. Wir haben sie nicht nur gewählt, sondern sie passt auch zu uns, genauso wie die Opposition zu uns passt, weil sie keine ist, sondern nur das Pendant der Hektik zur deutschen Regierungsstarre.

Unsere deutschen Politiker sind alle gleich starr und gleich hektisch. Die Hektik ist das Hin und Her der Finanzpolitik, mal diese Steuer, mal jene Senkung, dann wieder eine andere Steuer, danach doch wieder Senkung. Am besten lässt sich die deutsche Hektik bei gleichzeitiger Starre in dem Wort »Steuervergünstigungsabbaugesetz« ablesen. Das Steuervergünstigungsabbaugesetz ist die dicke Frau, die auf dem Kopf des Mannes sitzt, um irgendwie Platz zu sparen, damit die Kühlschranktür noch aufgeht.

Wir Deutschen lieben das Märchen, wo ein Zauberlehrling auf die Idee kommt, Besen zu rufen, damit sie ihm helfen und es ihm dann besser gehe. Am Ende aber verprügeln die Besen den Zauberlehrling. Die Besen heißen heute »Verdi« oder »Flächentarif« oder »Öffentlicher Dienst«.

Ja, uns Deutschen und unseren Politikern, die wir wählten, fehlt so sehr der Mut – die große, klare Bewegung, die sich über all die kleinen hektischen Zuckungen, den Flächentarif und die Lohnnebenkosten erhebt und eine neue, moderne Gesellschaft bauen will. Genauso, wie wir uns kleckerweise, häppchenweise das große Loch eingestehen, genauso werden wir uns häppchenweise an das Loch gewöhnen und daran zwischendurch mit unserem Steuervergünstigungsabbaugesetz oder mit dem Abbau der Eigenheimzulage herumwurschteln.

Noch sind wir zerrissen, noch schreit in uns der mutigere Teil nach großen bedeutenden Reformen, noch will das kleine Aufbegehren in uns endlich unsere Bewegungslosigkeit in die Schranken weisen. Aber bald, da wird der Herbst und Winter unseres hektischen Missvergnügens wieder dem alten Frieden und der alten Starre weichen.

Wir Deutschen werden unser System immer lieben, vorausgesetzt, es wird uns nicht schnell, sondern häppchenweise ruinieren. Außerdem ist es für uns immer noch beruhigend, dass wir nicht geschlagen und ruiniert werden, sondern dass wir uns selbst schlagen und selbst ruinieren. Nicht wie die Argentinier, die unter die Räder des internationalen Finanzkapitals gerieten, nein, wir ruinieren uns auch ohne Globalisierung und Weltbank. Wir schaffen das selbst.

30 Die Reformschule

Fast ein Jahr lang versammelten sich die deutschen Volksvertreter täglich in den frühen Morgenstunden zu speziellen Reformübungen, bevor dann jeder in seine Gremien ging.
Die Übungen fanden in einem Raum statt mit folgenden Geräten: ein Rohr, das so genannte »Reformrohr«, und das »Metaphernbecken«, ein vasenartiges Wasserbassin, in das man hineinsteigen muss, damit einem das Wasser dann bis zum Halse steht. Meist schickte Reformschulleiter und Kanzler Gerd Rödel Frau Meiererkel ins Metaphernbecken, damit sie mal sieht, wie das ist.
Ein großes Schwert mit der Inschrift »Für Subventionsabbau« lag jeden Morgen bereit. Ferner eine Kirchentür, genannt die »Luthertür«, daneben eine gewaltige Hand aus Gips: »Die ruhige Hand«, ein Punchingball mit der Aufschrift »DGB-Fresse«. Vorne ein Strauß Mikrofone internationaler Sender.
Gerd Rödel tritt jetzt vor die Kollegen Trittel (Umwelt), Schmeichel (Finanzen), Renate Hit (Familie), Klemmt (Wirtschaft), Klaus-Uwe (Generalsekretär), den dicken Dussmann (Kultur) und Meiererkel (Opposition). Der Rest fehlt, weil an diesem Morgen Josef Wischer zum fünften Mal vor den Traualtar tritt.

RÖDEL: Guten Morgen! Wischer kann es nicht lassen! Ohne mich! In was der immer reinrennt! Ich erzähl euch erst mal einen Witz. Warum dürfen Gerd Rödel, also ich, und Josef Wischer nie zusammen im Flugzeug fliegen? – Wenn's abstürzt, muss der Staat neun Witwenrenten zahlen! *(Lacht sich schlapp)* So. Zuerst singen! Auch die Opposition!

Alle: Ein neues Lied, ein besseres Lied / O Freunde, will ich euch dichten / Wir wollen hier auf Erden schon / Das Himmelreich errichten / Zuckererbsen für jedermann / Sobald die Schoten platzen!

Rödel: Danke. Hinsetzen.

Hans Schmeichel haut in die DGB-Fresse.

Rödel: Hans!! Es wird nicht einfach so in die DBG-Vorrichtung geschlagen! Nur nach Absprache!

Hans Schmeichel: Ich kürz mal was. *(Haut mit dem Schwert für Subventionsabbau etwas von der Deko ab)*

Rödel: Hans, du bist kein Samurai, sondern Finanzminister! Leg das Schwert weg! *(Zu Klemmt)* Ist der krank, oder was?

Frau Meiererkel stellt sich eigenmächtig vor die internationale Presse.

Meiererkel: Ich kann den Bürgerinnen und Bürgern und der Industriebranche und auch Opel immer wieder nur zurufen: Geht nicht alle nach Polen!

Rödel: Weg da von der Presse! Niemand geht nach Polen! Das ist ja ein Saustall hier. Hans haut schon wieder in die DGB-Vorrichtung! Ich bring euch jetzt auf Linie!

Klaus-Uwe: Ich möchte heute Thesen an die Luthertür schlagen üben.

Rödel: Nicht jetzt, Klaus-Uwe. Wir müssen erst mal Thesen haben. Meiererkel, Sie stellen sich jetzt ins Metaphernbecken!

MEIERERKEL: Ich geh nicht ins Metaphernbecken! Ich muss Karstadt-Quelle retten!

RÖDEL: Die werden nicht gerettet! Karstadt-Quelle kann mich mal! Ab ins Becken!

Meiererkel steigt wütend ins Metaphernbecken.

MEIERERKEL: Meine Frisur wird nass!!

Alle lachen. Hans Schmeichel nimmt die »Ruhige Hand«, haut damit Meiererkel auf den Kopf und schreit »Kopfpauschale, Kopfpauschale«.

MEIERERKEL: *(Gerät unter Wasser)* Gluck, gluck ...

Der Leser merkt schon, wie's immer schwachsinniger wird. Der Schwachsinn muss aber eine Form des Sich-so-sehr-ernst-Nehmens haben, wie man ihn manchmal bei Autisten, Kulturvertretern oder eben Politikern antrifft. Wir waren also stehen geblieben bei Meiererkel und »Gluck, gluck«.

RÖDEL: So! Kleine Sprachübung zwischendurch. Sprache fließt seit Kant ins Bewusstsein!

DER DICKE DUSSMANN: Hegel, Gerd, Hegel!

RÖDEL: Was? Nee, nich Kegeln!

TRITTEL: *(Tritt feierlich vor)* Ich fordere hiermit das Dosenpfand!

Hans Schmeichel springt durch den Übungsraum und kürzt mal wieder wild um sich.

RÖDEL: Hans, stehen bleiben! Der Typ macht mich wahnsinnig, der soll nicht die Deko kürzen, sondern … Scheißkabinett! Dussmann ins Reformrohr!

DER DICKE DUSSMANN: Bitte nicht, nicht immer die Kultur … Habt ihr schon gehört, Inge Meysel ist tot!

RÖDEL: Lenk nicht ab! Durch's Rohr kriechen!

Dussmann kriecht ins Rohr.

DER DICKE DUSSMANN IM REFORMROHR: Ich pass da nicht durch! Wie soll denn da das Volk folgen, wenn nicht mal wir …?!

RÖDEL: *(Ruft ins Rohr)* Was hast du gesagt, Dussmann?

DER DICKE DUSSMANN IM REFORMROHR: Oh, es ist ganz toll hier, kaum Stau, ich sehe Licht am Ende des Rohres … es wird alles gut, ich muss nur noch …

Stille.

KLAUS-UWE: Darf ich jetzt die Thesen an die Luthertür …?

RÖDEL: Später, Klaus-Uwe. Erst die Sprachübung! »Ich will es, du willst es, er/sie/es will es. Wir wollen es.« Klemmt, bitte!

KLEMMT: Ich will es, aber ich weiß, dass Trittel es gar nicht will, der tut immer nur so, ich kann gar nicht sagen, »du willst es« und dabei Trittel angucken, da wird mir ganz schlecht bei so viel Verlogenheit.

TRITTEL: Klemmt, du alte Sau, ich mach dich fertig, ich hab beim Adventstee bei dir Kontoauszüge geklaut! Ha!

KLEMMT: *(Schlottert)* Gib sie wieder her, Trittel!

RENATE HIT: Ich denke gerade nach über eine Kondomsteuer!

RÖDEL: Kondomsteuer?! Bist du bescheuert, Renate?

RENATE HIT: *(Schreit)* Wir brauchen aber auch mal Kinder!!!

HANS SCHMEICHEL: *(Steht mit dem Schwert vor Trittel wie »Der letzte Samurai«)* Du hast 'ne schwarze Putzfrau!!!

MEIERERKEL: *(Aus dem Metaphernbecken)* Ich begrüße Rödels Übungen nicht! Gluck. Wir sind am Ende aller EU-Tabellen! Wir müssen wieder globaler werden! Gluck, gluck. Unter mir taucht was! *(Zieht Horst Köhler an die Wasseroberfläche)* Kenn ich nicht. Den nehmen wir als Bundespräsidenten!

RÖDEL: Meinetwegen. Genossen, guckt euch mal die Frisur an! Mit so 'ner Frisur wird's global aber schwierig, Meiererkel!

TRITTEL: Soll ich etwa Safttüten besteuern?!

RÖDEL: Mir reicht's! Wir fahren fort mit Heileurythmie. Ich war mal mit Terror-Otto in Dornach. Alle aufstellen!

Alle stellen sich auf. Meiererkel rubbelt Köhler trocken, plötzlich, von hinten heranschleichend mit einem Fön, Edmund Räuber aus Bayern.

MEIERERKEL: Schon wieder in Berlin?

EDMUND RÄUBER: In München ist Fön.

MEIERERKEL: Macht mir nix aus, Edmund.

EDMUND RÄUBER: Schau'n mer mal! *(Wirft den Fön ins Metaphernbecken und läuft schnell weg)*

Meiererkel stehen schlagartig die Haare senkrecht nach oben.

RÖDEL: Na, neue Frisur, Meiererkel? *(Lacht)* Also: »R« geht so.

Er macht rotierende Armbewegungen und stößt »Rrrrr« dabei aus. Dann »E« usw.

KLEMMT: *(Zu Trittel)* Erklär mal Hartz IV.

TRITTEL: Lass mich.

KLEMMT: Pisapflaume!

Sie gestalten alle heileurythmisch das Wort Rrrreeeffoorrrmm.

RÖDEL: Das sieht ja total beknackt aus! Morgen kommt das Wort »Praxisgebühr« dran! Nur Ärger!

Klaus-Uwe tritt feierlich vor die internationale Presse.

KLAUS-UWE: Désirée Nick hat gestern auf RTL Känguruhoden gegessen und ist eine Runde weiter!

RÖDEL: Was soll das, Klaus-Uwe?

KLAUS-UWE: *(Verzweifelt)* Ich schlag jetzt 95 Hoden an die Luthertür, wenn von euch nie was kommt!!

RÖDEL: Bist du gaga?! Hans, komm mal her.

SCHMEICHEL: Was is?

RÖDEL: Was ist deine Aufgabe?

SCHMEICHEL: Kürzen!!!

RÖDEL: Hab ich mir fast gedacht. Nimm mal dein Werkzeug und sorg dafür, dass Dussmann und die Kultur durchs Rohr kommen.

DER DICKE DUSSMANN IM REFORMROHR: Hilfe!

SCHMEICHEL: Ruhe im Rohr!!! Ich ... *(kurze Heileurythmie-Einlage)* ... kkkkküürzzzz dich, Dussmann! *(Ruft ins Rohr)* Willste vorher noch 'ne Riesterrente abschließen!?

Hans Schmeichel steigt, das Schwert für Subventionsabbau voran, ins Rohr.

RÖDEL: Nächste Übung: Landtagswahlen verkraften!

Rödel präsentiert einen Bildschirm, auf dem die typischen schwarzen und roten Balken von Wahlabenden erscheinen.

RÖDEL: Alle davorsetzen!

Es erscheinen Prozentbalken, wobei die roten nur auf 3 Prozent ansteigen und die schwarzen ratzfatz nach oben schießen. Die Teilnehmer werden zunehmend hysterischer.

RÖDEL: Ganz tief durchatmen. Ein – und aus. Alles wird gut. Ein – aus.

Hoppla, rot plötzlich nach unten in den Minusbereich. Schwarz über den Rand hinaus wie eine NASA-Rakete.

Meiererkel: Jaaaaaa! Geil!!!!

Klemmt: Ich halt das nicht aus! Wir waren mal Volkspartei! Das ist ja Horror! Gerd, stell die Glotze aus! Wir sind im Minusbereich!! Geht denn das überhaupt, Klaus-Uwe? Eine Volkspartei ohne Volk, ich lach mich tot! Ich hab heut Nacht geträumt, August Bebel steht vor mir und schreit: »Hier spricht Bebel! Seid ihr wahnsinnig, Klemmt?! Morgen Nacht erscheine ich dir zusammen mit Liebknecht!!«

Trittel: Soll ich schnell die Safttüten besteuern?!

Rödel: Ruhe! Wir reformieren mit ruhiger Hand weiter. Meiererkel wird sich noch wundern! Der wird nachts Adenauer erscheinen!

Plötzlich tritt ein Mann mit langen weißen Haaren in den Raum.

Der Mann mit den weissen Haaren: Da bin ich nun.

Rödel: Hä? Wer ist denn das? Bist du Adenauer?

Der Mann mit den weißen Haaren schüttelt den Kopf.

Meiererkel: Bist du Harald Schmidt??

Der Mann mit den weissen Haaren: Friedrich Schiller! In diese hohle Klasse muss ich kommen.

Rödel: Der mit der Glocke?

Friedrich Schiller: Ja. Wie steht es um die Menschenwürde?

Rödel: Prima. Ich hab mal bei Beckmann Rilke auswendig

aufgesagt! Soll ich dich bei Kerner? So. Linke Hand vorstrecken! Rechtes Bein heben! Und jetzt auf das rote SPD-Logo zuhüpfen! Mach mal mit, Schiller! Willste danach 'nen Ein-Euro-Job?

Renate Hit: Können wir nicht lieber rudern? Ich bin Fan von Birgit Fischer! Kanu in Athen!

Rödel: Hüpfen, Renate!

Sie hüpfen alle, auch Friedrich Schiller, so weit ist es schon gekommen. Die Übung wird ebenso in der Waldorfpädagogik angewendet, um die innere Ausrichtung zu schulen. Die Tür geht auf und Literaturnobelpreisträger Heiner Hanf kommt herein.

Heiner Hanf: Gerd, ich muss mit dir reden. Du weißt, ich bin der Sozialdemokratie seit Willy …

Rödel: Halt die Klappe, Heiner! Du hast keine Ahnung von Realpolitik! Du gehst gleich auch ins Rohr! Schiller, guck mal, Kollege von dir, der hat »Die Blechröhre« geschrieben.

Friedrich Schiller: O, schnöder Titel. Was dichten nur die Menschen?

Rödel: Alle hüpfen!

Meiererkel: Ich hüpf da nicht mit. Das ist die falsche Richtung, ich hab dafür zu sorgen, dass wir in die andere Richtung hüpfen! *(Hüpft mit Horst Köhler unterm Arm in die andere. Fällt hin)* Scheißübung. Ich male euch jetzt das neue Steuersystem auf 'n Bierdeckel!

Rödel: Ab ins Becken!

Bälle fallen in den Übungsraum, die Nationalhymne erklingt, Olli Bierhoff & Jürgen Klinsi schieben ein Tor herein, auf dem »Tschechien B-Mannschaft« steht.

RÖDEL: Erinnert ihr euch? Los, reinschießen! FC Deutschland 06!!

KLINSI: Alles ist super. Hier ist eine ganz tolle Stimmung. Ich bin total optimistisch. *(Zeigt auf Friedrich Schiller)* Ist das Sepp Maier?

Alle versuchen den Ball ins Tor mit »Tschechien B« zu schießen, aber niemandem gelingt es, Schiller fällt sogar hin. Meiererkel springt aus dem Becken und tritt mit Köhler unterm Arm gegen Schiller, als wolle sie Schiller ins Tor schießen.

RÖDEL: Stop! Nicht Schiller, den Ball, Meiererkel! Ihr könnt das alle nicht. Gurkentruppe!

KLAUS-UWE: Ich kann nur diese Politik. Entweder ihr geht mit oder ich geh alleine. Zitat: Klaus-Uwe.

RÖDEL: Was soll das?

KLAUS-UWE: Ich schlag diesen Satz jetzt an die Luthertür!

RÖDEL: *(Haut ihm eine)* Das schlägt nur einer an die Luthertür! Ich, der Reformrödel!!!

Hinten, wo eben die desaströse Wahlgraphik war, sind jetzt Szenen von Montagsdemos zu sehen. Familien plündern Supermärkte, Banken in Flammen. Der Literaturnobelpreisträger steigt fatalistisch zu Dussmann ins Rohr.

Der dicke Dussmann im Rohr: Hallo, Heiner. Sind wir zu schwer geworden in Geist und Fülle, um uns aufzuschwingen und durch das Zukunftsloch zu schlüpfen? Liebe Inge Meysel! Schmeichel steckt fest, und ich weiß, Heiner will helfen, der alte Genosse, die Sache mit mir durchzudrücken. Aber je mehr er drückt, umso näher kommt mir Schmeichel, und so drück ich Schmeichel gegen Heiner, und Heiner drückt gegen Schmeichel, weil ihm jetzt Trittel folgt, den er hasst. Oh, unser Spiel ist absurd geworden hier im Rohr. Ich sehn mich so nach Bewegung. Wann kommt er, der unser aller Arsch und unsere Stühle in die Winde feuert? Lass uns neu anfangen, Inge!

Der Regierende Bürgermeister von Berlin kommt herein, Klaus Wow-Binichbreit.

Klaus Wow-Binichbreit: Is hier noooch Paaarty? Rittmus??? Nööö? Dann ... dann geh ich wieder. Muss noch Geschichte üben. Habt ihr übrigens gehört: Der Wischer ... der ist schon wieder geschieden! Hetero-Idioten. *(Wankt weg)*

Meiererkel trainiert wie besessen mit der »Ruhigen Hand«. Schiller wird, bitterlich weinend um die Menschen, von Klinsi & Bierhoff aus der hohlen Klasse geschmissen.

Meiererkel: Nicht weinen, Friedrich, die Menschen wollen die Wende. Ich bin die Wende. Ich bin Adenauer plus Arafat mit Thatcher. Ja, da staunt ihr, Sabine Christiansen und ich, wir sind die neue Sexmacht in the city ...

... während Meiererkel die Wende heraufbeschwört aus dem Geist der neuen Sexmacht, sacken plötzlich die schwarzen Balken auf den Bildschirmen ab und die roten steigen.

Rödel: Ja, die Wende!! Ha! Ich hab schon wieder gewonnen!!

Rödel pfeift energisch wie der berühmte Schiedsrichter Pierluigi Collina in eine Pfeife. Alle kriechen aus dem Rohr, Meiererkel ist ganz bedröppelt.

RÖDEL: So. Morgen üben wir Stehen! Ich zeig euch, wie man steht! Ich bin der Steher! Tschüss.

ALLE: Tschüss.

RENATE HIT: *(Zu Trittel)* Ich fand's gut heute, gluck. Und du?

Sie gehen alle aus der Reformschule. Nur Gerd Rödel bleibt einfach stehen.

31 4. Juli 2004, New York

Gleich vor den riesigen Eisengittern, die Ground Zero umzäunen, stehen Japaner, Holländer, Italiener und fotografieren sich mit Ground Zero, sogar eine gesamte kanadische Basketballmannschaft steht am Sonntagmorgen zum Mannschaftsfoto vor den Tafeln mit den Namen der Opfer, die man allerdings hinter Basketballern nicht mehr sieht. Viele von ihnen heben wie zum Trinkspruch einen Becher hoch, auf dem »We will never forget« steht. Die Becher gibt es an einem Stand gleich an der Subway-Station, man kann auch 11.September-Caps, -Shirts und -Teller kaufen, es gibt auch Fahnen und Handtücher mit der Aufschrift aller Opfer wie auf den Gedenktafeln.

Während sich immer mehr Touristen vor der Terrorlandschaft ablichten lassen, findet unten, kaum zu sehen und in der weiten Fläche, die Grundsteinlegung für Libeskinds Freedom Tower statt.

In den Tagen vor dem »Neubeginn New Yorks«, wie es in Deutschland hieß, wusste allerdings kaum ein Bewohner Downtowns, dass da ein Grundstein gelegt werden soll, geschweige denn, wann. Es gab keine Vorberichte in den amerikanischen Zeitungen, keine Chronik der letzten drei Jahre vom Einsturz bis zum neuen Grundstein, stattdessen TV-Sondersendungen am Vorabend wegen der Niederlage der Yankees, Baseball.

Unten auf dem Grund stehen ganz klein ein paar Angehörige der Opfer mit Gouverneur und Bürgermeister neben einem

Granitbrocken. Ein Opernsänger singt, aber der Wind weht den Gesang in die dahinter liegenden Subwayschächte.

Als Europäer, zum ersten Mal seit dem 11. September in New York, erwartet man natürlich eine Riesenshow; bei jedem Flugzeug, das zwischen den Wolkenkratzern auftaucht, steigen die eingebrannten Bilder hoch und man schaut die New Yorker an und wartet, dass sie ebenfalls nachdenklich in den Himmel blicken.

Was für eine Enttäuschung am Flughafen. Von Fingerabdrücken war die Rede, von biometrischen Untersuchungen wurde gemunkelt, Schily hoch zehn mit Terrordatei, stattdessen nur Schlangestehen und ein müdes »Do you have a cat in your handbaggage?«

»No, it's only a Hutschachtel.«

»Okay, bye-bye.«

Sehen die gar nicht, dass man totaler Bush-Gegner ist? Warum konfiszieren die nicht meinen Michael-Moore-Anstecker? Das sind die Geschichten, die man will: sich extra so eine Plakette an den Pulli stecken und dann auf das FBI warten oder Condoleezza Rice, aber nichts passiert.

Beim Frühstück in einer dieser tollen Bars fragt mich eine Kellnerin, woher ich komme.

Ich sage Deutschland, sie fragt, which part? Ich frage, what do you mean, north, south? Sie sagt, no, east-germany or west-germany? Ich sage, both, und frage, wann denn heute, am Unabhängigkeitstag, die beste Zeit sei, die Twin Tower zu besteigen.

Das hätte ich nicht sagen dürfen.

Warum kriegt man denn in Amerika schon zum Frühstück jedes Klischee bestätigt?

Und wenn schon, dann jetzt richtig. Es ist ja als Europäer ein Wahnsinn, die ganze Europameisterschaft zu gucken, um ausgerechnet ab dem Halbfinale in Amerika Unabhängigkeit zu feiern und dabei 166 TV-Channels abzuklappern! Portugal – Holland, das erfuhr ich noch vom Piloten von Malaysia Airlines über Grönland, aber Griechenland – Tschechien?!

Stundenlang laufen auf den Nachrichtensendern irgendwelche dicken gepolsterten Männer kaugummikauend im Kreis rum, nachdem sie mit einer Keule einen Ball in die Tribünen schlugen, ich weiß schon, dass das Baseball ist, aber warum denn so lange? Wenn man auf ganz vielen Channels Grafiken zeigt, auf denen zu sehen ist, in welchem Winkel der Ball vom Pitcher von der Keule des Batters abgeht, dann kann man doch auch mal ganz kurz Griechenland – Tschechien einblenden.

Die New Yorker sind schon am Nachmittag unterwegs mit Fahnen zum Hudson River, zum großen Feuerwerk, heute ist ja 4. Juli, Unabhängigkeit.

»Sorry, do you know where I can look the soccerfinal the Portugues against the Chechs or the Greeks, maybe the Greeks with Otto Rehhagel?«

»WHAT?«

»Otto Rehhagel is something like Jesus in Greece! Imagine, when he is in the final!«

»Looking for a church?«

»No church, no. Soccer!!«

(Bringt nichts.)

You go to your Feuerwerk, I go back to Europe.

Ich bin dann noch nach Queens gefahren, immer noch ohne die geringste Ahnung.

In Queens leben wahrscheinlich mehr Griechen als auf Kreta und Rhodos zusammen, die werden es ja wohl wissen.

Am Ende, als der ganze Stadtteil in blauweiß tanzte, ging ich in einen Park, wo eine Sokrates-Statue steht.

Sokrates hatte eine weißblaue Fahne umgehängt, und auf seine Stirn war ein Bild von Otto Rehhagel geklebt. Da sahen sie vom Sockel herunter, die beiden europäischen Lehrmeister, ein Stück altes Europa.

Ich klebte das Rehhagelbild über meinen Michael-Moore-Anstecker, ich dachte, das ist, wenn ich aus Queens raus bin, bestimmt etwas Subversiveres gegen Amerika. Dann blieb ich im Park unter Sokrates mit Otto sitzen.

32 Gott, der Kaiser und der Depp

Die Weltmeisterschaft 2006 im eigenen Lande, was gibt es Schöneres für einen Fußballlehrer? Aber lange Zeit sah es in Deutschland so aus, als würde keiner, außer einer, wollen. Zuerst kündigte also Rudi Völler als Bundestrainer, dann fragte man einen Mann namens Hitzfeld, der jedoch ablehnte, dann Otto Rehhagel, jenen Held der Griechen, der ebenfalls ablehnte. Man suchte sogar schon erstmals in der Geschichte dieses Landes einen Ausländer! Und am Ende sah es sogar so schlimm aus, dass es, wie der Dramatiker Friedrich Dürrenmatt sagte, auf die schlimmste aller möglichen Wendungen hinauslief: Lothar Matthäus!
Hier nun das Drama der Ereignisse. In den tragenden Rollen: Otto Rehhagel und seine Frau Beate. Franz Beckenbauer, der Kopf der Trainerfindungskommission (TFK), und seine derzeitige Lebensgefährtin. Lothar Matthäus, Rekordnationalspieler und momentan Trainer der Ungarn mit irgendeiner ungarischen Blondine.

Erste Szene.

Beate und Otto beim Frühstück in Kampen auf Sylt, im Lieblingshotel. Es ist Samstag um 8 Uhr 30.

OTTO: *(Immer noch im Trainingsanzug mit Medaille um den Hals)* Ich kann's immer noch nicht glauben, Beate, ich bin Europameister! In den Dünen abgetaucht, abgeschirmt der Europameister! Die »Bild«-Zeitung hat mich mit Sokrates verglichen! Sokrates, Beate! *(Schaut wie in Stein gehauen)*

BEATE: Ottochen, setz dich vernünftig hin und iss!

OTTO: Nein! »Gazetta dello Sport« schreibt »Gotto!«, nicht Otto, sondern »Gotto«, Beate! Dir gebenüber sitzt Gotto in Kampen beim Frühstück, freust du dich? In Kampen wie in Athen: zeitlebens die Busspur benutzen! Zeitlebens und darüber hinaus ich auf der Busspur, du auch Beate. *(Starrt sein Ei an, also das Frühstücksei)* Warum kommt das Ei nicht zu mir?! *(Beugt sich über das Ei)* Komm zu Gotto!

BEATE: Mensch, Otto, wenn das die anderen Kurgäste sehen!

OTTO: Los Ei, roll zu Gotto! *(Das Ei bleibt bewegungslos liegen)* Muss ich mich denn nach diesem Scheißei strecken, Beate? *(Lacht)* Wenn ich Bundestrainer bin, kommen alle Eier zu mir. *(Lacht. Hört gar nicht mehr auf)* In München auch nur die Busspur benutzen! Hoeneß bleibt im Stau stecken und beißt sich in den Arsch, wenn ich an ihm vorbei auf der Busspur ... Du, ich stell keinen einzigen Bayern auf! Keinen! Nicht mal Müller-Wohlfahrt! Ich guck mal bei Mainz 05! *(Lacht sich scheckig)*

BEATE: Reiß nicht so an der Tischdecke! Wir sind hier nicht zu Hause!

OTTO: Beckenbauer auch im Stau!! Ich krieg mich gar nicht wieder ein! *(Macht sein Auto nach und spielt Gotto auf der Busspur)* Rrrrrnnnnnn. Rrrrrnnnnn, na, Franz, blöder Stau, was? Mach's gut, du Kitzbühel-Kaiser. Rrrrrrrnnnnn! Rrrrrrrrnnnnn! Tschüss. Und zisch. *(Sinniert jetzt wie einst Sokrates)* Mayer-Vorfelder, du alte Champus-Tucke, du unterzeichnest jetzt mal eben dieses Papier, wo geschrieben steht, dass du dich nie mehr über Fußball äußerst. *(Brüllt vor Lachen. Plötzlich abrupt ernst)* Ich reaktivier' Andy Brehme! Wir spielen ohne Spitzen, geht nicht anders. *(Visioniert in die*

Dünen blickend, als ob Töpperwien vom ZDF vor ihm sitzt) Brehme mit Kutzop und Votava hinten, hinten Sechserkette, verstehst du, Töpperwien?

BEATE: Ich bin nicht Töpperwien!

OTTO: Lebt Briegel noch? Hans-Peter Briegel, na, die werden sich wundern! Den Rest nehm ich von den Griechen, »Gotto baut aus griechischer Rippe 11 deutsche Adams ...« New York Times. »Rehakles entzaubert Brasileros mit Neu-System 7–3–Null!!« *(Hüpft um den Kampener Tisch herum wie durch das Estadio da Luz in Lissabon)*

BEATE: Otto, du bist nicht Rumpelstilzchen, nun is' mal gut, nun is' Urlaub!! *(Haut auf den Tisch)* Hör zu, Ottochen: DU WIRST NICHT BUNDESTRAINER! Klar?

OTTO: *(Verschluckt sein Ei)* Wie bitte?

BEATE: Geh in die Düne und denk nach. Und nimm dir die Jacke mit, es regnet, Gotto!

Otto geht protestlos in die Düne. Nach vier Stunden des Auf- und Ablaufens in der Düne kommt er weinend zurück.

OTTO: Beate?!

BEATE: *(Streichelt ihn)* Soll ich Beckenbauer anrufen oder tust du es?

Zweite Szene.

Es ist Samstagnachmittag. Beckenbauer mit seiner derzeitigen Lebensgefährtin bei Kaffee und Zwetschgenkuchen in Herzogenaurach kurz vor einem Adidas-Empfang auf der Terrasse.

Beckenbauer: Herrlicher Ausblick! *(Beißt in den Zwetschgenkuchen)* Spatzl, weißt du, wie viel ich krieg', dafür, dass ich die TFK bin, die Trainerfindungskommission? *(Lacht)* Ich les' »Bild« und das nennen die Findungskommission! *(Schüttelt sich)* Bundestrainer?! Mit dieser Gurkentruppe!! In zwei Jahren, nach der Vorrunde, ist der Rehhagel wieder da, wo er hingehört: Rotweiß Essen! *(Blickt kaiserlich über Herzogenaurach)* Die werden scheitern. An Albanien! *(Lächelt. Schaut seine derzeitige Lebensgefährtin an)* Puder mir die Stirne! Ich hab gleich noch 'n TV-Spot!

Das Handy klingelt.

Beckenbauer: Beckenbauer! ...... Servus Otto, grüß Gott! Du, die »Bild«-Zeitung hat dich mit Sokrates verglichen *(lacht)*, na ja, ein bisschen übertrieben *(ernster)*, ich bin ja mal mit Goethe gleichgesetzt worden, schau'n mer mal. Ich ess grad Zwetschgenkuchen, gibt's in Griechenland ja gar nicht *(lacht)*, da muss der Otto schon nach Deutschland kommen, was? Mal im Ernst, wer sonst soll's richten? Soll's richten? Fünf Millionen, geht klar, du, der Gerhard, meine derzeitige Lebensgefährtin sagt immer Mayer-Nachfolger *(lacht)*, na ja, scheiß Witz, Frauen und Fußball, wurscht. Im DFB räum' ich bis Weihnachten auf, keine Sorge, stell dir mal vor, wir haben 1 WM, 2 Präsidenten, aber null Bundestrainer. *(Brüllt vor Lachen)* Otto, aber wir beide, wir richten's! Bedenk, dass du aus Essen kommst und jetzt Bundestrainer, was warst du noch? Manndecker, Vogts war linker Verteidiger, immerhin, aber Manndecker? Einen Manndecker hatten wir noch nicht, Honecker war Dachdecker ... Wie? *(Er stoppt)* ... Was sagst du da, Otto? – Hallo? *(Lässt den Hörer sinken. Ihm fallen Zwetschgen aus dem Mund)*

Seine derzeitige Lebensgefährtin: Ist dir nicht gut? Dir fällt Kuchen aus dem Mund.

BECKENBAUER: Wann kommt bei uns zu Hause die Müllabfuhr?

SEINE DERZEITIGE LEBENSGEFÄHRTIN: Wieso?

BECKENBAUER: Lothars ungarische Handynummer!

Er bricht fluchtartig ohne TV-Spot und Adidas-Empfang und die Zwetschgen gänzlich ausspuckend auf, zur Mülltonne.

Dritte Szene.

Lothar Matthäus und irgendeine ungarische Blondine im Schlafzimmer. Eine Nacht wie viele Nächte.

MATTHÄUS: Ich kann nicht schlafen.

BLONDINE: Soll ich nochmal?

MATTHÄUS: Nein. Gib mir mal eben deine Puppen.

Er nimmt eine Puppe.

MATTHÄUS: Guck mal, das ist jetzt mal Morten Olsen, der Däne!

Er starrt die Puppe finster an, will mit der Puppe Voodoo machen, verwechselt es aber mit Judo und ringt die Puppe mit unfairen Mitteln nieder. Am Ende reißt er ihr den Kopf ab.

BLONDINE: Spinnst du?! *(Weint)*

MATTHÄUS: Morten Olsen wird nicht mehr Bundestrainer. *(Nimmt noch eine Puppe)* Guck mal, Guus Hiddink! *(Spuckt die Puppe an)* Holländer!! *(Wischt sich mit der Puppe den Hintern)*

BLONDINE: Spinnst du? *(Weint)*

MATTHÄUS: Schade, dass du nicht noch 'ne Puppe hast, sonst mach ich auch Hitzfeld fertig. *(Spült Hiddink ins Klo)* Heul hier nich' rum, wir spielen jetzt ARD-Studio. Du bist Waldemar Hartmann und ich Lothar Matthäus, wer sonst? Frag!

BLONDINE: Was?

MATTHÄUS: Mann, irgendwas! Dass ich Bundestrainer bin!

Sie fragt.

MATTHÄUS: Waldemar, das wurde von den Medien ja auch hochsterilisiert. Ich bin selbstkritisch, auch mir selbst gegenüber, und werde immer vor der Mannschaft stehen.

BLONDINE: Hinter!

MATTHÄUS: Was?!

BLONDINE: Hinter, nicht vor!

MATTHÄUS: Sei ruhig! – Waldemar, wir wollen im eigenen Land den Titel, alles andere ist primär. Nach der EM dürfen wir jetzt nicht den Sand in den Kopf stecken, sondern kompakt nach vorne gucken. Wir sind eine gut intrigierte Truppe, aber: Auch die anderen können Fußball spielen, ich habe immer verbal gesagt: Wir müssen Eier zeigen. Im eigenen Land die WM, Waldemar, das sind Gefühle, wo man schwer beschreiben kann.

BLONDINE: Die!

MATTHÄUS: Wie?!

BLONDINE: Die, nicht wo!

MATTHÄUS: Sei still, du bist blond. Ein Spiel dauert 90 Minuten.

Genau. Und so geht das noch eine Weile. Matthäus verwechselt in Folge noch 20-mal hochstilisieren mit sterilisieren, sekundär mit primär, Kopf mit Sand sowie vor mit hinter und wo mit die, während er die Blondine ständig verbal mit Waldemar anspricht, nebenher Hiddink aus dem Klo zieht, umtauft und statt Voodoo mit Hitzfeld Judo macht – bis das Handy klingelt.

MATTHÄUS: Lotttdddaar Matthäus! .... Franz!!!!!! *(Zur Blondine)* Es ist Beckenbauer!!

Sie weint fürchterlich.

33 Die Ferien des Monsieur Rinkiego

Ich fuhr das erste Mal nach Polen, als ganz Polen unter Wasser stand. Darum flog ich auch.

Unten Bilder wie aus einem untergegangenen Land: grünbraune Wassermassen und ab und an Boote, die umhertreiben zwischen ausgerissenen Bäumen, toten Tieren und den weißen Säcken gegen die Sturmflut.

Landung in Danzig, alles trocken. Dann weiter nach Zoppot (= Sopot). Mein alter polnischer Theaterprofessor, der auch auf die Reise mitgekommen ist und immer einen Strohhut trägt, erzählt im Auto Witze: »Kommen Sie nach Polen! Ihre Autos sind schon hier.«

In der Tat fahren die Polen ja fast alle Neuwagen, und vor allem fahren sie schnell, besonders die Polinnen. Die Straßen zwischen Danzig und Zoppot sind bestimmt bautechnisch auf einem Niveau der Straßen in Brandenburg von vor zehn Jahren, aber die Polinnen fahren auch noch doppelt so schnell wie die Brandenburger. Wenn ich eine traumatische Erinnerung an Polen haben werde, das kann ich jetzt schon sagen, dann ist es nicht das schreckliche Hochwasser, sondern polnische Dramaturginnen und Kritikerinnen im Audi 100 zwischen Danzig und Zoppot.

Meine Einweisung in die neuere polnische Theaterliteratur, insbesondere in die Werke von Gombrowicz, Witkiewicz und Rosewicz, erhielt ich bei 160 km/h auf der Landstraße. Und bei dem Namen des großen polnischen Dramatikers Slawomir Mrozek werde ich wohl in Zukunft immer an eine Vollbremsung denken, denn in Zoppot gibt es einen Punkt, wo man einfach bremsen muss, und das ist der Fußgängerübergang von der Stadtpromenade zur Meerpromenade, da rennen 20 000 Polen rüber zum Baden. Zoppot liegt nämlich am Meer, an der Westseite der Danziger Bucht, und hat einen Strand, nach dem man zum Beispiel auf Mallorca lange suchen kann.

Gekommen bin ich in den Badeort Zoppot, weil ich hörte, dass es hier ein Theater gebe, das man im Sand des Strandes errichtet habe. Ein Theater genau ans Meer gebaut! So etwas hatte ich einmal auf der Insel Capri gesucht und nie gefunden, obwohl ein neapolitanischer Wissenschaftler auf einem Kongress davon gesprochen hatte. In diesem Fall aber war es mein polnischer Professor, weil nämlich einer seiner früheren Schüler sich vor 15 Jahren während des Vordiploms der Angewandten Theaterwissenschaften in Gießen in eine Polin verliebte und dann nach Zoppot ging und nebenbei das Atelier-Theater gründete.

Das Atelier-Theater ist das Werk von André Hübner-Ochodlo, jenem verliebten Mann aus Gießen, der es geschafft hat, Zoppot zu so einer Art Klein-Salzburg zu machen. Hübner-Ochodlo lässt in Zoppot meist im Sommer spielen, und sein Publikum besteht vorwiegend aus einer gebräunten großpolnischen »Intelligenzia«, die tagsüber in den Strandkörben sitzt und abends Stücke bei Hübner-Ochodlo besucht.

Ich selbst sitze auch in einem Strandkorb, schaue aber nicht aus meinem Korb auf die Ostsee, wie alle anderen, sondern habe ihn in Richtung Land gedreht und betrachte das Atelier-Theater. Wirklich unglaublich. Man sieht, wie der goldene Sand des Strandes ins schöne Foyer weht, wie die Tadeusz-Kantor-Puppen leicht im Wind tänzeln und an der Bar des Theaters eine dieser schnellen Dramaturginnen Cocktails mixt. Und wenn die Tür zum Bühnenraum aufgeht, dann sehe ich sogar André Hübner-Ochodlo Regie führen. Er probiert ein Stück von mir, und ich sitze stolzerfüllt im Korb und sehe zu.

»Are you sure that you are looking in the right direction?«, fragt plötzlich ein Mann mit Sonnenbrille, Tennishose, Tennistasche und Tennissocken.

»Sure«, sage ich, »I want to see this theatre, not the sea, it's a marvellous theatre, Hübner-Ochodlo is directing, my name is Rinkiego, in Polish: Rinkiego. Are you playing tennis on the beach?«

»No«, sagt der Mann, »I lost five minutes ago my match against Goran Ivanísevic. I am a tennis-professional!«

Das ist wirklich too much. Ich wollte eigentlich auch immer tennis-professional werden!

Genau hinter dem Theater finden in Zoppot gerade die Internationalen polnischen Tennismeisterschaften statt, The Poland Open, bedeutendes ATP-Turnier. Gerade hat Wimbledonsieger Goran Ivanísevic gegen George Bastl gewonnen. George Bastl aus Genf ist 118. der ATP-Weltrangliste, und wir sitzen jetzt zusammen im Korb und sehen Hübner-Ochodlo beim Regieführen zu, der dabei aussieht wie eine Mischung aus Jimi Hendrix und Jesus von Nazareth.

Im Prinzip, sage ich zu George Bastl, im Prinzip ist ein Tennisspieler vergleichbar mit einem Theaterspieler. Beide spielen ein relativ privates Spiel, wo es sehr viel auf Psychologie bei gleichzeitiger Artistik ankommt, und beide sind dabei umgeben von Publikum.

George Bastl und ich wurden sofort Freunde.

◆

Am frühen Abend sitze ich mit George auf der Tribüne des Centre Court der »Poland Open« und wir gucken ein Spiel von Anke Huber, 17. der Weltrangliste. George hatte mal, glaube ich, eine Affäre mit Anke Huber und darum sitzen wir auch genau hinter ihrem Stuhl, auf dem sie beim Seitenwechsel Eiweißstoffe und Mineralien einnimmt. Ja, das ist schon eine komische Welt. Heute Morgen noch die Überschwemmungsgebiete in Zentralpolen, dann mit 160 auf der Landstraße der traumatische Vortrag über Gombrowicz, Witkiewicz und Rosewicz, und jetzt sitze ich mit George Bastl direkt hinter Anke Huber, die Eiweißstoffe einnimmt.

Mein polnischer Professor ist aus frühen Tagen mit Janusz Lipinski befreundet, man hatte sich über Karol Wojtyla, den Papst, bei einer Party kennengelernt. Lipinski ist Präsident jener Firma, welche die berühmte Danziger Werft besitzt. Lech Walesa hat in der Danziger Werft gearbeitet, und seitdem wird sie auch Solidarnosc-Werft genannt und zählt heute zu den erfolgreichsten Werften der Welt, was vor einigen Jahren, als man noch nicht wusste, dass Polen einmal zu den wachstumsstärksten Ländern Europas zählen würde, noch keiner für möglich gehalten hatte. Auf jeden Fall rief Lipinski meinen Professor an und lud ein zur Schiffstaufe der »Cape Santiago«.

Circa 5000 Polen sind zur Taufe gekommen und stehen um die gigantische Stapel-Errichtung herum, von der die »Cape Santiago« zu Wasser gelassen werden soll. Der Professor und ich dürfen dank Lipinski auf der Ehrentribüne Platz nehmen, die direkt unter dem Heck des gigantischen Schiffes errichtet wurde. Umrahmt von einer Marine-Kapelle und der mit Säbeln und Helmen ausgestatteten Feuerwehr sitzen auf der Tribüne Kapitäne, ranghohe Offiziere, der Arbeiterpräsident von Polen, der Präsident der polnischen Bank, die einen 15-Millionen-Kredit bewilligte, sowie die Danziger Polit-Prominenz und ein Star-Tenor der Danziger Oper, alle in schwarzen Anzügen. Nur mein Professor und ich fallen irgendwie aus dem Rahmen. Er in weißem Leinen mit seinem Strohhut, ich in Bermudashorts und Tennissocken. In den Nachrichten des polnischen Fernsehen soll das dann Augenzeugenberichten zufolge auch sehr merkwürdig ausgesehen haben.

Die »Cape Santiago«, so groß wie die »Titanic«, ist mittlerweile unter dem Abspielen der polnischen Nationalhymne in See gestochen. Auf der Tribüne herrscht ausgelassene Heiterkeit, und alle halten Konversation und werden dabei fotografiert. Lipinski lässt sich mit dem Bürgermeister ablichten, die Offiziere mit dem Star-Tenor und sogar mein Theaterprofessor mit dem Arbeiterpräsidenten und der Feuerwehr im Hintergrund. Irgendwie ist das alles wie zu Hause bei einer Kunst-Vernissage. Kein Mensch guckt mehr ernsthaft die Bilder an der Wand an. Ich glaube, die »Cape Santiago« hätte unterdessen sinken können, niemand hätte es bemerkt.

◆

In Zoppot am Strand ist die Hölle los. Die ersten internationalen polnischen Motorboot-Meisterschaften finden statt, und überall liegen jetzt diese Motorboote herum, die aussehen wie Formel-Eins-Wagen ohne Räder. Hübner-Ochodlo ist in heller Aufregung. Für die Inszenierung des Stücks hat er im letzten Akt als Finale vorgesehen, dass sich die Hinterwand des Theaters öffnet und dann der Sand ins Theater hineinweht und die Protagonistin, Joanna Bogacka, eine Grand Dame des polnischen Bühnenlebens, aus dem Theater hinaus dem Meer entgegenschreitet.

Wir rufen den Bürgermeister von Zoppot an und erklären ihm, dass das Inszenierungskonzept der polnischen Erstaufführung durch die Motorboot-Meisterschaften ernsthaft gefährdet sei. Joanna Bogacka könne ja nicht nach dem letzten Akt elegisch ins Meer abtreten und dabei über 100 Motorboote steigen!

Zur Premiere am Abend haben sich mittlerweile folgende Personen angesagt: polnische Kritiker aus Krakau, Warschau und Danzig, Spitzenpolitiker aus Zoppot, der Direktor der Danziger Werft Lipinski, mein polnischer Professor mit einer Cousine von Günter Grass und George Bastl mit Anke Huber und einer schönen russischen Nachwuchsspielerin und ihrer Trainerin, worauf Hübner-Ochodlo aufgrund von wenig Plätzen und jener erheblichen Tennis-Prominenz entscheidet, die

Lokalkritik aus Zoppot in die B-Premiere am nächsten Tag umzubuchen.

Es ist halb acht am Abend, und diese Motorboote liegen immer noch da. Ich entscheide plötzlich, nicht die Aufführung zu besuchen, sondern stattdessen während der ersten zwei Akte den Strand freizuräumen. Man hat nur ein Mal im Leben eine A-Premiere mit einem Bühnenbild aus richtigem Meer und echtem Strand, und dann liegen da überall diese fiesen Motorboote rum!

»Sorry, my name is Rinkiego«, sage ich zu einem Kaugummi kauenden, wasserstoffblonden Mann, der gerade sein Motorboot tankt.

»Sorry, is it possible that we put your ship to the right or to the left? Look, in this moment, there is an important Polish A-perfomance in this theatre, Anke Huber, you know?, is visiting! In the end Joanna Bogacka, the grand dame of the Polish ...«, aber ehrlich gesagt, ich war wohl nicht so richtig überzeugend und möchte an dieser Stelle einfach mal zum Ausdruck bringen, dass ich Motorboot-Sport bis in alle Ewigkeit verachte. Ich liebe Tennis, ich liebe sogar die »Cape Santiago«, aber ich hasse Motorboot-Sport.

Am Ende meiner Polenreise habe ich am Strand gesessen und gewartet, bis sich die Wand des Atelier-Theaters öffnet. Ich wollte, wenn schon die ganzen Scheiß-Boote meine polnische A-Premiere ruinieren, wenigstens auch Teil des Bühnenbildes werden und wie in einer Art Sitzstreik dasitzen und meinen Protest ausdrücken. Wie vor den Castor-Transporten oder den amerikanischen Panzern wollte ich auch bis zum nächsten Tag dasitzen und die Motorboot Meisterschaften blockieren.

Es war ein seltsames Bild. Am Ende, als die Wand aufging, sah ich das Publikum: Lipinski, der Direktor der Danziger Werft, schlief; die russische Nachwuchsspielerin hatte ihren Kopf auf die Schulter von George Bastl gelegt. Anke Huber war, wie ich später hörte, nicht gekommen, sie hatte am nächsten Tag Viertelfinale. Nur mein Professor winkte mir mit seinem Strohhut.

Es war trotzdem eine sehr schöne Zeit. George Bastl, die russische Nachwuchsspielerin und ich haben auf der Premierenfeier E-Mail-Adressen ausgetauscht, das Hochwasser ist zurückgegangen und Joanna Bogacka ist Schauspielerin des Jahres in Polen geworden.

Die »Cape Santiago« hat übrigens einen Tag nach der missglückten polnischen Erstaufführung auf dem Meer vor Zoppot geankert. Und man darf dreimal raten, was am Ende, als sich in der B-Premiere die Wand des Theaters feierlich öffnete, zu sehen war.

34 Wie eine deutsche Sex-Ikone mein Stück spielte und nach 15 Minuten das Publikum weg war

Ich bin einmal mit Lilo Wanders durch die Hölle gegangen.

Aber zuerst die Vorgeschichte. Als mein Verlag sagte, die Wanders aus der deutschen Sendung »Wa(h)re Liebe«, die wöchentlich über das Neueste auf dem Erotik-Markt berichtet, sie spiele jetzt mein Debütstück »Der graue Engel«, da rief ich: »Na, endlich raus aus der Kulturnische, wenn das mal gut geht!«

Natürlich habe ich gleich VOX angeschaltet und sah sie, diese riesige Frau mit ihrer Marlene-Dietrich-Perücke, wie sie zwischen piepsenden Porno-Sternchen stand und komischsten Club-Besitzern, bei denen deutsche Paare zu »Ein Bett im Kornfeld« sexuelle Übungen machen und dabei gucken, ob unter den Matratzen gute Hygiene herrscht. Die Wanders stand in der Sendung mit ihren bestimmt 1 Meter 80 wie ein Leuchtturm, der zwar den Schiffchen da unten ein paar Signale sendet, aber im Prinzip schwebte sie hoch über dem profanen Verkehr.

Dann gab es die Premiere vom »Grauen Engel« mit Wanders in Frankfurt, diesem Stück, in dem ich versuchte, die Einsamkeit meiner Zivildienst-Frauen mit jener der letzten Monate von Marlene Dietrich zusammenzubringen. Wanders, man kann es sagen, triumphierte. Zwei Jahre Gastspiele folgten quer durchs Land, einmal sogar in Bremen, wo die drei Frauen, mit denen mein Vater verheiratet war, nebeneinander aufgereiht saßen und weinten. Wenn ein Theaterabend die drei Frauen meines Vaters nebeneinander sitzend zum Weinen bringt, ich meine, dann kann das ja nur ein großer Abend sein.

Vor kurzem nun Gastspiel in den »Fliegenden Bauten« in Hamburg, erstmals kein reines Theaterambiente, sondern ein bewährtes Etablissement für Show, Varieté, Chanson, große Unterhaltung.

An der Garderobe vor mir eine Frau mit einem glitzernden Gala-Kleid mit einem Tiger quer über die Brust, ihr Begleiter fragte: »Gibt's drinnen Bier vom Fass?«

»Meinst du, die Wanders hat ein paar Gogo-Girls mitgebracht?«, fragte jemand am Eingang.

»Ursula, bin ich gespannt auf die Musikeinlagen!«, sagte eine ältere Dame zu einer anderen, und ich denke, oh, es gibt ja überhaupt keine Musikeinlagen, soll ich jetzt noch schnell zur Technik laufen, damit die noch irgendwie einspielen »Ich bin von Kopf bis Fuß auf Liebe eingestellt«?

Drinnen 400 Menschen an Tischen, alle mit Bier vom Fass. Nicht, dass ich was gegen Bier hätte, nein, aber wie die an ihren gedeckten Tischen mit Messer und Gabel saßen und nach vorne guckten wie auf eine Schlachtplatte, über der nur noch das Tuch weggezogen werden muss!

Ich lief sofort zu Herrn Grund, dem Kritiker der »Welt«, und sagte, es sei möglich, dass es nach zehn Minuten etwas unruhig wird, da manche vielleicht auch Gogogirls und Musikeinlagen wollen, nicht aber unbedingt neue deutsche Dramatik und eine Sprache, die sich, wissen Sie, im Fortlauf selbst dekonstruiert und die eigentlich eines konzentrierten Raumes bedarf. Dasselbe sagte ich zu meinem Hamburger Zahnarzt, der freundlicherweise gekommen war, und meinem Bruder, der aus Lüneburg mit acht weiteren Bekannten angereist im Publikum saß.

Es begann, und nach fünf Minuten war es so, als seien 20

Pferde im Raum, die alle in ihrer Box aus Futtermangel mit den Hufen über den Holzfußboden schaben. Nach zehn Minuten, genau vor mir, schrie ein Mann seine Tischdame an: »Was ist denn das für eine Scheiße, Hildegard?!«

»Hab ich doch nicht ausgesucht, Fritz!«, rief sie zurück, »Frag Sabine!«

Sabine war die jüngere Frau am Tisch, und dann rief der Mann, und ich glaubte es nicht: »Sabine, geh an die Kasse und frag, ob das die Vorgruppe ist!«

Sabine ging mit Freund, dem Schwiegersohn vermutlich, vorne an der Bühne vorbei, quasi mitten durch's Bühnenbild. Mittlerweile hatten sich die Pferde aufgebäumt und ich hörte Flaschen deutlich zu Boden fallen. Neben mir saß Armgard Seegers-Karasek, die gerade erfahren hatte, dass sie Kultursenatorin in Hamburg werden soll, sie sagte: »Vielleicht ist das Stück schön, nur leider versteht man so schlecht.«

Links außen gab es mittlerweile Menschenbewegungen, wie man sie zur Halbzeit in der AOL-Arena vom Hamburger Sportverein kennt. Sabine mit ihrem Gatten lief auch gerade wieder an Wanders vorbei quer durchs Bühnenbild zurück zu Hildegard und rief: »Nee, das ist nicht die Vorgruppe, das ist die Hauptgruppe!« Dann kicherte sie und sagte: »Mensch, nun habt doch mal Humor, wir können uns doch ein bisschen unterhalten.« Unterhalten meinte sie ganz wörtlich!

Mein Blick wanderte zum »Welt«-Kritiker, der abwechselnd die Menschenbewegungen verfolgte und die angeregte »Unterhaltung« hinter ihm. Ich selbst sah mittlerweile wahrscheinlich aus wie meine drei weinenden Mütter gleichzeitig; Katharina Abt, die hinreißende Schauspielerin und Schwiegertochter von Seegers-Karasek, war die Einzige im Saal, die über das, was sie noch hören konnte von meinem Text, lachte, der ja – ich schwöre es – tatsächlich komisch ist! In Zürich war er komisch, in Frankfurt soll er auch komisch gewesen sein, in Bremen war er sogar komisch und tragisch zugleich, ja, aber hier, hier zwischen den ganzen Pferden, dem Bier vom Fass und Hildegard und dieser trampelnden Sabine quer durchs Bühnenbild hindurch, diese Ziege, kann die nicht außen abgehen??! – wie sollte da der Text seine stille Komik und Trauer entfalten?! Wie!?

Ich war klitschnass, hinten lief der kalte Schweiß, vorne qualmte ich Seegers-Karaseks Zigaretten weg, die ganze Schachtel, der Saal war wohl schon halb leer. Meine Verlegerin sah auf ihre Schuhe, nur mein Zahnarzt saß da mit einem so ernsten, starr nach vorne gerichteten Gesicht, dass ich dachte, so wird er gucken, wenn ich Parodontose habe.

Mein Bruder, der vom Tisch mit seinen acht Freunden aus Lüneburg aufgestanden war und zu mir rüberschlich, fragte: »Sag mal, stört das die Wanders eigentlich gar nicht?«

Ich hätte wahrscheinlich abgebrochen, wäre weggelaufen, wenn ich nicht die ganze Zeit gedacht hätte, wenigstens einer muss hier ja am Ende noch da sein, aber die Wanders spielte weiter und weiter und plötzlich so, als sei sie wie ein Leuchtturm über allem.

Natürlich hatte sie das Publikum aufgegeben, das von ihr Gogogirls und etwas für die Schlachtplatte verlangte, aber je schrecklicher es wurde, je mehr ich qualmte und verbrannte und die Leute durch die AOL-Arena rannten oder schrien »Ist das die Hauptgruppe, oder was?!« – desto mehr wurde es der Monolog meiner Zivildienstfrauen und vielleicht der Monolog der verlassenen Marlene.

Keiner wollte sie mehr so, wie sie jetzt war, alle wollten sie auf ihre alten Bilder festlegen.

Marlene hatte sich, um die alten Bilder zu behüten, eingeschlossen und das andere nicht mehr zugelassen. Lilo Wanders aber trotzte mit so einer Stärke und Würde ihrem Image und ihren alten Bildern, dass es immer mehr das Ende des Stückes wurde, wo der Engel plötzlich seine Vergangenheit loslässt und seinem imaginierten Publikum nur noch die Brocken seiner Biografie hinwirft und einen neuen Blick verlangt. Lilo Wanders hätte jetzt auch die Perücke abstreifen können, und wir hätten gesehen, dass sie eigentlich ein Mann ist und mit dem Theater ein Ende macht.

Sehr vereinzelter Applaus.

35 Drei Minuten mit Minetti

Am 7. Juli 1994 interviewte ich Bernhard Minetti im Garten von Günther Rühle in Bad-Soden-Altenhein im Rahmen einer Seminararbeit, die ich über den Regisseur Jürgen Fehling schreiben musste. Seit Jahren überlege und plane ich nun, wann und wo und wie ich das Interview mit Bernhard Minetti veröffentlichen kann. Es ist das Einzige meiner zwei von mir eigenständig geführten Interviews, welches man theoretisch veröffentlichen könnte.

Mein erstes Interview war mit Heiner Müller und dauerte eine Minute; Müller erzählte einen Witz, den ich bis heute nicht verstanden habe, dann war der Rotwein in dem Lokal, in dem Müller das Interview hatte anberaumen lassen, alle und Müller ging mit einem Kritiker in ein anderes Lokal, aber darum geht es eigentlich gar nicht. Es geht um viel mehr.

Als Minetti 1998 starb, wollte ich das Interview mit Bernhard Minetti sofort veröffentlichen, aber die »Frankfurter Allgemeine Zeitung« riet entschieden ab, da das Interview für einen würdigenden Nachruf vielleicht nicht die angemessene Tiefe beziehungsweise die passende Länge habe.

Für mich allerdings war die passende Länge eigentlich total unerheblich, auch empfand ich sehr wohl eine angemessene Tiefe in dem Interview, weil es mir vom ersten Tag an nicht aus dem Kopf ging und mich noch Jahre verfolgen sollte, doch dazu später mehr.

Das Interview mit Bernhard Minetti hatte Minetti im Garten des Theaterhistorikers Günther Rühle im Taunus anberaumen lassen. Minetti saß auf einer Gartenschaukel, ich auf einem Klappstuhl.

Wir begannen um Punkt 16 Uhr und endeten um ca. 16 Uhr 03.

ICH: Herr Minetti, ich beschäftige mich gerade in meinem Studium mit Fehling ...

BERNHARD MINETTI: Fehling! Wer hat heute noch 21 Rollen bei Fehling gespielt? Wer?! 21 Rollen bei Fehling?!

ICH: Niemand, niemand, sogar bei Leopold Jeßner, glaube ich, haben Sie ...

BERNHARD MINETTI: Nein, nein! Reden Sie nie von Jeßner, wenn ich von Fehling rede!

ICH: Also, man könnte sagen, Herr Minetti, dass Fehling, dass Fehling gerade für Sie, den Schauspieler Minetti, ein Genie war?

BERNHARD MINETTI: Jeßner war auch ein Genie! Was wissen Sie von Genie? Was!?

ICH: – Ich?

BERNHARD MINETTI: Wie?! Sie?? Nein. Nicht. Fragen! Fragen!

ICH: Äh, Herr Minetti: – Sie haben einmal in einem Interview über Thomas Bernhard gesagt, der Bernhard ...

BERNHARD MINETTI: Nein! Nein!! Nicht. Nicht einfach so Bernhard sagen. Bernhard!! Nicht in einem Atemzug mit Jeßner. Nie über Jeßner fragen und dann gleich Bernhard sagen. Ich habe bei Jeßner den Franz Moor gespielt. Schiller!

ICH: – Ja, der Schiller.

BERNHARD MINETTI: Nein. Nicht, nein. Was Sie reden! Warum sprechen wir über Schiller, wenn Sie mich nichts zu Bernhard fragen?! Warum? Gehen Sie nach Hause. Nach Hause. Lernen Sie! Lernen Sie das Fragen! Auf Wiedersehen. Wiedersehen. Rühle! Rühle!!

Ich gebe zu, dass man das Interview auf den ersten Eindruck als unrelevant betrachten kann und dass es einem als nichts sagend erscheint, allerdings nicht für mich. Ich denke, dass dieses Interview bei aller Unfertigkeit vielleicht einmal einen dokumentarischen Wert besitzen könnte, wenn die Zeit gekommen ist und wenn es einmal um den wohl größten und genialsten Schauspieler der Nachkriegszeit geht und seine Dialogführung außerhalb des Theaters, z. B. in einem Garten, auf einer Schaukel.

Ich habe zwei Semester lang überlegt, ob ich das Interview in meine Seminararbeit über Fehling einfließen lassen kann, aber letzten Endes war da unter theaterwissenschaftlichen Aspekten nichts zu machen. Die einzige konkrete Frage zu Fehling, die ich stellen konnte, beantwortete Minetti ja mit: »Jeßner war auch ein Genie!« Das war alles.

Dennoch beschäftige ich mich seit Jahren aus folgenden Gründen mit diesem Interview:

Da also Minetti plötzlich von Jeßner sprach, ich aber eigentlich überhaupt keine Ahnung von Jeßner hatte, wollte ich lieber etwas zu Bernhard fragen, da mir schien, Minetti wolle mit mir über Fehling partout nicht reden. Dass wir dann auf Schiller kamen, war nicht meine Schuld. Ich habe nichts gegen Schiller, aber ich wollte gar nicht von Schiller sprechen; ich hatte nur »Ja, der Schiller« gesagt, weil ich nicht mehr wusste, was ich sagen sollte. Er hatte sich plötzlich von Jeßner distanziert, als ich was zu Bernhard fragen wollte, aber dann war er es, der von Schiller sprach, wegen Jeßner, weil er sich ja Jeßner wieder völlig überraschend genähert hatte. Man hat immer gesagt, Minetti sei ein widersprüchlicher Geist gewesen, was ich hiermit jetzt absolut bestätigen will.

Ich bin sogar der Meinung, dass sein widersprüchlicher Geist, gerade für junge Menschen, etwas Zerstörerisches hatte. In den letzten Jahren habe ich mir immer wieder das Band angehört, insbesondere die Stelle, die für mich den wundesten Punkt darstellt. Dass Minetti ausgerechnet mir vorwarf, ich hätte über Schiller gesprochen anstatt was zu Bernhard zu fragen! Es ist auch eine Frechheit, Fehling derartig gegenüber Jeßner zu erhöhen und in dem Moment, wo ich Fehling auch erhöhe, plötzlich wieder von Jeßner zu sprechen! Und wenn ich dann endlich auf Bernhard komme, erneut Jeßner abzubauen und dennoch über ihn auf Schiller zu kommen, nur um mir vorzuwerfen, ich würde nichts zu Bernhard fragen! Ich habe lediglich aus lauter Verzweiflung »Ja, der Schiller« gesagt!

Das war alles.

36 Das sanfte Läuten

Was kann einen von den kleinen Kindheitsdingen halten?

Gibt es Plätze, alte Gegenstände, kleine Momente? Das erste Zimmer, das Postauto aus Holz, ein Fahrrad, eine Uhr, ein Ritterschlag, der Schlitten, Kuss, das verwaschene Schwimmabzeichen, der alte Pferdestall, das Pferd ist schon lange tot, oder Steine, immer wieder Steine, die da liegen und so sind, wie sie immer waren, nur leichter nun in der groß gewordenen Hand.

Oder die Glocke! Nicht Schiller, nicht »Die Glocke« von Friedrich Schiller, um Gottes willen, sondern die Schulglocke von Ottersberg/Kreis Rotenburg-Wümme.

Wie kann einen eine Schulglocke halten?

Die Glocke gehört der Waldorfschule in Ottersberg und ist in einem roten Turm, in dem früher Napoleon übernachtete, als er auf seinem Russlandfeldzug durch den Landkreis Rotenburg-Wümme kam. Links von diesem Turm wurde ich eingeschult und rechts von ihm habe ich Abitur gemacht, und dazwischen hat sie dreizehn Jahre lang geläutet, täglich bis zu acht Mal.

Viele Jahre nach meinem letzten Schultag habe ich mit dem alten Deutschlehrer telefoniert, Dr. Bert Blumenthal, der mich als Erster mit Friedrich Hebbel, den Nibelungen, Brecht, Dürrenmatt und sogar Rolf Hochhuth vertraut machte, auch Sozialkunde lehrte und mir einmal in einer Klausur einen kampfbetonten FR-Artikel von Joschka Fischer gegen die Startbahn-West vorlegte, an dem ich unter dem Thema »Die Revolutionstheorien der deutschen Linksbewegung« irgendwelche Kriterien zur Rechtsstaatlichkeit der BRD entwickeln sollte, ein Thema, mit dem ich überhaupt nicht zurechtkam, und plötzlich die Glocke läutete und ich abgeben musste.

An dieses Läuten der Glocke musste ich denken, als es heute, mitten in das Telefonat mit Bert Blumenthal hinein, geschah:

»Herr Blumenthal!«, rief ich, »ich kriege gerade so eine diffuse Panik, andererseits habe ich so einen schönen Klangteppich im Hörer!, was ist denn das da im Hintergrund?!«

»Na, die Glocke!«, rief Blumenthal, »was denn sonst? Ich muss jetzt zur Deutschstunde!«

»Warten Sie, Herr Blumenthal, die Glocke, die Glocke, die gibt's immer noch, das ist ja irre! Erinnern Sie sich noch an die Revolutionstheorien der deutschen Linksbewegung? Fischer!«

»Ja«, rief Blumenthal, »die Klausur über den Marshall-Plan und die sowjetische Antwort bis zum Bruch mit Tito haben Sie danach aber auch verhauen! Da konnte ich nichts mehr für Sie tun.«

»Ja, aber die Glocke, Blumenthal, die gibt es immer noch! Die Sowjetunion ist weg, Fischer ist wahrscheinlich auch bald weg, aber die Glocke, dieser schöne alte Klang, hören Sie doch mal!«

»Hör' ich seit 35 Jahren! Ich muss jetzt zur Deutschstunde! Wir lesen Hebbel!«

»Ja, den gibt's ja auch noch, den Hebbel, ist die Startbahn West überhaupt je gebaut worden?«

Herr Blumenthal legte einfach den Hörer neben das Telefon vom Schulbüro und ging in seine Deutschstunde.

Diese schöne, irgendwie milde Klangqualität! Nicht wie in der Staatsschule in Lilienthal/Landkreis Osterholz-Scharmbeck, wo ich zwischenzeitlich hinwechseln sollte und eine Probewoche absolvierte, aber jedes Mal zur Pause aggressive Sirenen ansprangen. In meiner ersten und letzten Klausur auf einer Staatsschule ging es um Spargelurin in Bio. Anhand der Mendel'schen Gesetze musste man ständig zwischen rezessiv und dominant herumkreuzen, um Aussscheider oder Nicht-Ausscheider zu ermitteln, ich konnte aber gar nichts ankreuzen, weil ich jeden Moment auf diese Horrorsirenen wartete und irgendwann schrieb: »Ich mag keinen Spargel und die Staatsschule auch nicht!«

Meine Schulglocke läutet noch heute harmonisch. Zwar mit Nachdruck und nach getaktetem System, aber eben auch irgendwie zärtlich, sanft. Und in ihrer Mischung aus Bestimmtheit und Sanftheit eigentlich auch, ja, weise.

Sie hat dich bis auf die eine Woche bei den Staatssirenen dreizehn Jahre lang acht Mal am Tag hinein- und hinausgeleitet, sie hat dich am ersten Tag kommen und am letzten Tag gehen sehen, und wenn man sagt, sie habe sogar Napoleon in den Russlandfeldzug geläutet, dann hat sie auch die Sowjetunion und die deutsche Linksbewegung kommen und gehen sehen und auch alle Menschen, die in den letzten zweihundert Jahren seit Napoleon Spargelurin ausgeschieden oder eben nicht ausgeschieden haben.

Auf jeden Fall läutete sie am Ende dieser Klausur, die ich wegen dem Startbahn-West-Artikel von Joschka Fischer in den Sand setzte, und sie läutete auch quasi mitten hinein in den Opec-Prozess, in dem sich unser Außenminister für seine Vergangenheit rechtfertigen musste.

Ja, dachte ich: Übergeschnappte Könige läutet sie in ihren Untergang; sie überläutet sanft ganze Ost-West-Blocksysteme und Eiserne Vorhänge, und wenn auch Menschen gestern dies sind und morgen das, meine Glocke bleibt sich treu und tönt nach alter Weise.

Ich hörte ihr bis zum Ende zu. Danach legte die Dame vom Schulbüro den Hörer auf.

Nachweis der Veröffentlichungen

1 Ich und du und ein Schiff dazu
Der Tagesspiegel, 22.8.2004
2 Drei Tage in Geiersnest
Der Tagesspiegel, 27.5.2004
3 Mit Miriam nach Lenzwald
Der Tagesspiegel, 15.5.2004
4 Komm her, Südwind!
Der Tagesspiegel, 24.7.2003
5 Die Zukunft der Feste
Der Tagesspiegel, 31.12.2002
6 Hier baut die Stadtregierung Moskau!
Der Tagesspiegel, 9.12.2001
7 Das große Stolpern
Der Tagesspiegel, 2.2.2004
8 Ein Tag im Gericht von Denpasar
Der Tagesspiegel, 8.8.2004
9 Die drei von der Sparkasse
Der Tagesspiegel, 16.2.2004
10 Der Walter-Scheel-Pokal
Der Tagesspiegel, 2.5.2002
11 In der Habichtswaldklinik
Der Tagesspiegel, 6.3.2002
12 Ach, Zatopek
DIE ZEIT, 7.3.2002
13 Die Medienmenschen
DIE ZEIT, 7.2.2002

14 Das deutsche Anti-Terror-Paket
DIE ZEIT, 8.11.2001

15 Wie the Chief Editor of the Schwäbisches Tagblatt um ein Haar den 3. Weltkrieg in Tübingen auslöste
DIE ZEIT, 2.10.2002

16 Schule in 100 Jahren!
DIE ZEIT, 6.12.2001

17 See you in Syria, Iran and everywhere with the videobeamer! Krieg gucken im Fernsehen
Der Tagesspiegel, 11.3.2003/13.4.2003. Auch: DIE ZEIT, 24.4.2003

18 Ermüdungsbrüche
Der Tagesspiegel, 19.1.2003

19 Ich weiß jetzt, was global ist und liberal
DIE ZEIT, 4.4.2002

20 Wie mir eventuell Joseph Freiherr von Eichendorff in Gestalt einer Fruchtfliege hinterherflog auf einer Dampferfahrt am Tag der EU-Erweiterung
Der Tagesspiegel, 22.7.2001

21 Das Trio Infernale
Der Tagesspiegel, 31.12.2000

22 Mit Madonna im Reformhaus
Der Tagesspiegel, 21.6.2001

23 Über die Berlinerin. Versuch, einem alten Genre hinterherzuschreiben
An die Berlinerin. Herausgegeben von Moritz Rinke, Fannei & Walz, Berlin 1998. Auch: Der Tagesspiegel, 5.4.1998

24 Für Juliane B.
Der Tagesspiegel, 12.4.1998

25 Der kleine König
Der Tagesspiegel 13.2.1995

26 Mein Gott, was für eine Welt!
Der Tagesspiegel, 11.4.2005

27 Bei den Göttern zum Yogi-Tee
DIE ZEIT, 18.9.2003

28 Wo bleibt bei Frühbuchern die Sitzplatzgarantie, Sie Trottel?
DIE ZEIT, 17.7.2003

29 Als meine Nation ihr Finanzloch entdeckte
Der Tagesspiegel, 23.11.2002

30 Die Reformschule
Der Tagesspiegel, 31.12.2004

31 4. Juli 2004, New York
Der Tagesspiegel, 10.7.2004

32 Gott, der Kaiser und der Depp
Der Tagesspiegel, 14.7.2004

33 Die Ferien des Monsieur Rinkiego
Der Tagesspiegel, 7.8.2001

34 Wie eine deutsche Sex-Ikone mein Stück spielte und nach 15 Minuten das Publikum weg war
Der Tagesspiegel, 14.3.2004

35 Drei Minuten mit Minetti
Moritz Rinke: Trilogie der Verlorenen. Stücke. Rowohlt, Reinbek 2002

36 Das sanfte Läuten
Süddeutsche Zeitung, 27.3.2001

Maxim Biller
Moralische Geschichten

KiWi 868
Originalausgabe

Heftige Reaktionen sind sicher, wenn Biller sich den ganz alltäglichen, allgemein-menschlichen Abgründen im Leben von Juden, Nicht-Juden und anderen menschlichen Wesen zuwendet. Da wird ein Lippenstiftrest nach einem feuchten Traum zum Gottesbeweis, die tätowierte Nummer auf dem linken Arm zum Lottogewinn und ein Fleischermesser zum Garanten einer glücklichen Ehe. Eine irrwitzige Komik entsteht, weil mit Titeln wie »Kosmos«, »Der Sinn des Lebens«, »Dichtung und Wahrheit« oder »Apokalypse« die ganz großen Themen angeschlagen, dann aber rasant auf das Alltagsniveau herunter gebrochen werden.

»Mit Maxim Billers ›Moralischen Geschichten‹ geht's mir wie mit Austern, wenn ich einmal angefangen habe, kann ich nicht mehr aufhören.« *Jakob Arjouni*

»Grandiosen Geschichten der Moral, die jeder lesen sollte.« *Jüdische Allgemeine*

»Unglaublich witzig.« *WDR 5*

Paperbacks bei Kiepenheuer & Witsch KiWi PAPERBACK www.kiwi-koeln.de

Imran Ayata
Hürriyet Love Express

Storys
KiWi 880
Orginalausgabe

Rosen, die ein Blumenverkäufer mit den Worten »Liebe ist mächtiger als Tito« verschenkt. Ein Kasino, das noch nicht gebaut ist. Eine Kontaktanzeige in »Hürriyet«, die das Leben zweier Männer mächtig durcheinander bringt. Eine geklaute Sonnenbrille, die den Schleudergang nicht überlebt. Imran Ayatas Geschichten handeln von den skurrilen Begebenheiten, die das Leben für junge Migranten in Deutschland bereithält. Sie spielen in Berlin, Frankfurt, Istanbul oder Heidelberg. Aber das ist beinahe herzlich egal. Es interessiert nur das Hier und Jetzt. Oder dreht sich die Erde doch so schnell, dass man rasch den Halt verliert?

»Beeindruckend ist, wie lakonisch Imran Ayata wichtige und weniger wichtige Situationen im Leben seiner Figuren zu schildern weiß.« *taz*

»Mit Witz und Feinfühligkeit erzählt und immer wieder überraschend.« *De:Bug*

Paperbacks bei Kiepenheuer & Witsch   KiWi PAPERBACK   www.kiwi-koeln.de

Julie Orringer
Unter Wasser atmen

Storys
Aus dem Amerikanischen von Bettina Abarbanell
KiWi 875
Deutsche Erstausgabe

Julie Orringers Geschichten handeln von jenem Moment, in dem das Leben einen zwingt erwachsen zu werden. Ihre Heldinnen erleben die verwirrenden Gefühle von Sehnsucht, erster Liebe und Kummer. Sie straucheln und finden doch ihren Weg in die fremde Welt der Erwachsenen. Denn alle lernen, unter Wasser zu atmen.

»Wenn man einmal mit ›Unter Wasser atmen‹ begonnen hat, wird man nicht mehr aufhören können. Orringers Geschichten sind von herrlicher Reife und großer Anmut.«

Elle

»Julie Orringer schreibt komplex und mit viel Humor. Ihre Geschichten zeugen von einer eindringlichen Intelligenz und einer bemerkenswerten Selbstsicherheit.«

Boston Globe

»Kaum hatte ich das Buch ausgelesen, kaufte ich mir eine Erstausgabe und noch ein zweites Exemplar für den Geburtstag eines Freundes. So toll ist das Buch.«

Nick Hornby

Jochen-Martin Gutsch / Juan Moreno
Cindy liebt mich nicht

Roman
KiWi 876
Originalausgabe

Erst als Maria spurlos verschwindet, lernen sich David und Franz kennen. Beide waren Marias Freund, beide hatten sich verliebt. Nun machen sie sich in einem alten braunen Opel auf die Suche nach ihr ...
Mit feinem Witz und einem Gespür für das Groteske der Situation erzählen David und Franz abwechselnd. Zwei, die immer wollten, dass alles besser so bleibt, wie es ist, müssen erkennen, dass Maria alles verändert.

»Eine intelligente, gut geschriebene, unsentimentale Dreiecksgeschichte, die nur eine Frage offen lässt: Wann erscheint das nächste Buch?« *News*

Paperbacks bei Kiepenheuer & Witsch KiWi PAPERBACK www.kiwi-koeln.de

Harald Schmidt
Avenue Montaigne

Roman, très nouveau
Die Focus-Kolumnen
KiWi 817
Originalausgabe

Das Beste im Focus-Wochentakt – Sternstunden des investigativen Journalismus. Ob transatlantische oder alteuropäische Politik, brillante Philosophie oder messerscharfe Soziologie, Kultur oder Medien, Pädagogik oder Börse: kompromisslose Analysen live und ungeschminkt aus den Chefetagen des Zeitgeists.

»Wie Hölderlin, Hegel und der Personenkraftwagen ist Harald Schmidt eines der großen schwäbischen Geschenke an die zivilisierte Menschheit ...«
Stephan Wackwitz

Greil Marcus
Bob Dylans Like a Rolling Stone

Die Biographie eines Songs
Mit bisher unveröffentlichten Fotos von Bob Dylan
Aus dem Amerikanischen von Fritz Schneider
KiWi 878
Deutsche Erstausgabe

Für Greil Marcus, einem der bedeutendsten Musikkritiker der Welt, markiert der Song »Like a Rolling Stone« einen tiefen Einschnitt in der amerikanischen Geschichte, aber auch in der künstlerischen Entwicklung von Bob Dylan. Nach vier Folk-Alben war er zu dem Protestsänger seiner Generation avanciert. Mit »Like a Rolling Stone« veröffentlichte er seine erste Rock 'n' Roll-Single. Doch auch die Weltgeschichte stand vor einem großen Umbruch: die Bürgerrechtsbewegung, die Studentenrevolte – alles war im Sommer 1965 greifbar. Nach diesem Moment in der Geschichte hält Greil Marcus Ausschau, nach dem Moment, wo sich Musikgeschichte und Politik begegnen. Ausgehend von den sagenumwobenen Aufnahmen zu »Like a Rolling Stone« gelingt ihm das Meisterstück, in der Biographie eines Songs die Geschichte einer ganzen Generation einzufangen.

Benjamin v. Stuckrad-Barre
Festwertspeicher
der Kontrollgesellschaft
(Remix 2)

KiWi 819
Originalausgabe

Der Autor als Jäger, Sammler und Kronzeuge. In einem Schweizer Chemielabor sucht er nach Bomben, bei Paola und Kurt Felix nach dem Geheimnis der Liebe und auf Sylt nach Gartennazis. Er fährt los, ein Kempowski-Porträt zu verfassen und archiviert dessen gerade entstehenden Tagebucheintrag zum 11. September. »Remix 2« ist eine raffinierte Textkomposition, die durch ihre Vielstimmigkeit besticht: Reportagen, Duette, Erzählungen, Montagen, Protokolle, Tagebuchtexte, Experimente, Rätsel.

»Mit viel Sprachwitz, Beobachtungsgabe und bissiger Ironie vermischt er Realität und Fiktion, bis daraus Kunst wird.« *Stern*

Hellmuth Karasek
Freuds Couch & Hempels Sofa

Das Buch der Vergleiche
KiWi 850
Originalausgabe

»Der Vergleich ist die Wurzel allen Übels«, sagt Schopenhauer. Hellmuth Karasek wagt es trotzdem. Er zieht kühne und existenzielle Vergleiche, historische und sprachliche. Es treten gegeneinander an:
Bargeld und Kreditkarte, Napoleon Bonaparte und Oskar Lafontaine, Menschen und Elefanten, Gerhard Schröder und Heinrich VIII., die erste und die zweite Liebe, Kaviar und Senf, Dornröschen und Schneewittchen, Freie Liebe und Safer Sex, Tauben und Falken, Lerche und Nachtigall, Brathendl und Goldbroiler, Schwedenplatte und Pommes frites, Mozart und Beethoven, Hütten und Paläste u.v.m.

Paperbacks bei Kiepenheuer & Witsch KiWi PAPERBACK www.kiwi-koeln.de